ぼくたちのリメイク

著者：木緒なち｜イラスト：えれっと

Remake our Life!

Let's time-travel to 10 years ago
and reenjoy creative
and sweet

怪物のはじまり

Volume

9

JN083039

「これから、
どうしたらいいと思う？」

ナナコと市場調査？

「うう〜よかったねぇ……ぐしゅっ」

キャラクター紹介
茉平 康
（まつひら・こう）
NANAKO KOGURE
小暮 奈々子
（こぐれ・ななこ）
斎川 美乃梨
（さいかわ・みのり）

KYOUYA HASHIBA
橋場 恭也
（はしば・きょうや）
AKI SHINO
志野 亜貴
（しの・あき）
TSURAYUKI ROKUONJI
鹿苑寺 貫之
（ろくおんじ・つらゆき）

Volume 9
ぼくたちのリメイク
Remake our Life!
怪物のはじまり
もくじ
Contents

ぼくたちのリメイク9
怪物のはじまり

木緒なち

MF文庫J

口絵・本文イラスト●えれっと

プロローグ
夜の独白

Remake our Life!

2014年。そろそろ、年が変わろうとする12月。

深夜、僕は暗い夜道を自転車で走っていた。

僕の住んでいる入間市は、人口もそこそこ多く、そこまで田舎という街ではなかった。駅前には大きなシネコンがあり、少し移動すればデパートのある所沢も近く、どうしても見つからないものがあったとしても、池袋まで出ればことは足りた。

街としての機能については、別に言うことはなかったのだ。

けれど、それでも駅のある中心地から離れると、夜は真っ暗闇になる場所が多かった。都心と違って、家族連れが多く住んでいたことから、夜に出歩く人も少なかったので、深夜に行動する人種への配慮は、二の次にされている感じはあった。

そして僕は、まさにその深夜に行動するタイプの人間だった。

「街灯ぐらい、つけてくれればいいのに」

自転車のライトでは、心許ないレベルの視野しかなかった。

僕の勤めている美少女ゲームメーカーは、当然駅前のようないい立地が得られるはずもなく、まさしく、夜は真っ暗闇になるゾーンの真ん中に位置していた。

給料は当然のように安かったので、僕は会社のある場所からさらに辺鄙な地域にあるアパートを借りていた。今は、そこへの道を走っていた。

タイヤに設置して回すタイプの古いライトが、ブゥンとモーター音を響かせて小さな光を前方に向けている。

自転車は中古で買ってきたものだった。駐輪場に置きっぱなしになっていたものを、自治体が処分市に出して安く払い下げていたもので、ライトを含め、あらゆるところが限界に近づいていた。だけど当然、新車を買うような余裕はなかった。

道すがら、考えることは特にしなかった。考えたからといって解決するようなこともなかったし、1日を振り返るには、起こった出来事があまりにつらすぎた。

それに、以前考えごとをしながら自転車に乗っていたら、前方から来た無灯火の自転車に気づかず、危うく正面衝突する寸前になった。

それ以来、運転に集中して走るようになった。

だけど、心の中を無にしようとすればするほど、日々が充実とほど遠いことを嫌というほど思い知らされる。

「ふう……」

また、気を別のところにやってしまっていた。

気づいて、あわてて前方を確認する。

「っ、あぶな……」

頭を振ってペダルを漕ぐ。モーターが一瞬悲鳴を上げ、ライトがチカチカと点滅する。

「うわ、やったか？」

一瞬、壊れたかとも心配したが、しばらくすると、また機嫌の悪い音を立てて、いつも通りのスペックを発揮し始めた。ホッとして、ペダルを漕いだ。

やっぱりどうやっても、ネガティブなことが頭の中を回り出す。

いっそジューサーにかけて流してしまえればいいのにと思うほど、そいつらは段々と具体化して、そして大きくなっていった。

◇

そうして、やっと帰った家にも、特に安らぐものはない。

6畳1間に、小さなキッチンとユニットバスがついた築30年のアパート。

壁も床も薄いことがわかっているので、こんな深夜にできることと言えば、静かにコンビニ飯を食べて、イヤホンでゲームをしたりするぐらいしかない。

シャワーだって、前に深夜に浴びたら音がうるさいと苦情を言われたので、今は朝起きてからしか浴びなくなった。

「はぁ」

大きな大きなため息をついて、ベッドに横たわった。目に映るのは、薄汚れたアイボリーカラーの天井のみだった。

カチカチと鳴る目覚まし時計の秒針が、やけに大きく聞こえてくる。それが心臓の音と合わさったとき、無性に生きていることがむなしくなる。

ベッドの上で寝返りを打ち、今日のことを思い出す。

「なんか今日も、手応えのない日だったな……」

芳(かんば)しくない開発状況。いくら提案しても動かない社長。次々と辞めていくスタッフ。心ない言葉をぶつけてくるユーザー。

何か1つを強く思い出すというよりは、それらがまとまって、渦になってぶつかってくる感覚だった。

「うっ……ううう……」

突然、きっかけもなく涙が流れる。

油断していると、こういう闇がすぐに僕の中へ入り込んでくる。奴(やつ)らは何の前触れもなくやってきて、僕を泣かすだけ泣かして去って行く。

腹立たしいことこの上ないけれど、どうすることもできなかった。

「だめだ、こんなことじゃ」

頭を振りながら、ベッドから身体を起こした。こういう思考のままに眠りにつくと、ロクでもない夢を見た上で疲労するのが目に見えていた。

さして本が詰まっているわけでもない本棚から、いちばん取りやすいところにある画集を手にする。両手で持って表紙を見つめ、記憶に強く刻まれたタイトルを指でなぞると、それだけでまた涙が出そうになる。

「いいなあ……」

でもその感情は、悲しさではなく憧れだった。

僕がその名前を初めて認識したのは、父の実家のあった鹿児島へ行くときに使ったフェリーの名前だった。

船体に大きく描かれた太陽の意匠と、それにまつわる名前。楽しかった旅の記憶と共に刻まれたその名前は、後に出会う1冊の本のタイトルにもなっていた。

『サンフラワー』。秋島シノの代表的な画集だ。

麦わら帽子を被った少女の笑顔と、抜けるような青空が印象的な表紙。様々な季節と、それと結ばれた少女たちの表情をみずみずしく描いたイラストの数々は、発売後、瞬く間に大評判となった。

僕を助けてくれる1冊。いつも、あたたかさをくれる本。

多少なりとも近しい業界にいるはずなのに、彼女の存在は、とても遠くにあった。無駄だと知りながらも、僕はある問いかけをしてしまう。

「いつか、こんなものを作れるときが、僕にも来るのかな」

人の心を強く動かし、どん底から引き上げてくれる。創作物には、そんな神がかった力が宿っている。

僕にとってのこの『サンフラワー』は、まさにそんな存在だった。

仮にも創作の現場にいるからには、いつかきっと、その場所へと近づきたい。

そう願うのは勝手だけれど、願うばかりではいつまでもそこへ至れないことも、また事実だった。

画集を広げ、そのまま再びベッドへと横たわる。薄暗い部屋の中にあっても、その画集のある場所だけは、夏の強い陽光が当たっているように見えた。

「どんな……人なんだろう」

こんなにちっぽけで、薄汚れて、何も持っていない僕に、希望を与えてくれるこの人は、どんな人なんだろう。

作った作品と、作った人は同一ではないとわかっていても、それでもどうしても、気になってしまう。

「僕には、関係ないよな」

ただ、気になったところで、それを知る術は僕にはないし、これからの生活においても、きっと知るきっかけすら得られないだろう。

誰が訪ねて来るわけでもない、僕ですら寝に帰るだけのこの小さな部屋の中で、僕は永遠にも思えるほどの遠さを、この画集の中に感じていた。

2008年の夏の終わり。僕とシノアキは、福岡空港へ向かう飛行機に乗っていた。

東京から福岡へ行く方法は、大きく分けて2つある。

1つは陸路で、新幹線や高速バスを使って行く方法だ。ただこれは、かなり多くの時間を要するし、速い方に分類される新幹線でも約5時間、ゆっくりと走る高速バスだと、延々14時間以上も着席を強いられることになる。

なので多くの人は、もう1つの手段である空路を使う。これだと約2時間で移動もできる上に、その後の交通の便もとてもいい。

「福岡はね、空港から地下鉄が通っとって、それに乗ればたいがいのとこには行けるように作られとうとよ〜」

その飛行機の機内、シノアキはそんなことを言いながら、福岡への帰省を心から楽しみにしているみたいだった。

「たしかに、そうらしいね」

空港で買ったガイドブックを見ると、まさにそんなことが書いてあった。というか、福岡空港自体が、かなり中心部に近い街の中にあるらしく、着陸時は他の空港に比べてちょっと違った光景が見られるとのことだった。

（これ、飛行機が苦手な人だと恐いって思うかもな）

でも、街に近いのは助かると思った。大阪にしろ東京にしろ、空港を降りてからの移動に時間がかかると、それだけで少しぐったりしてしまうからだ。

シノアキの顔を、そっと盗み見る。

前面にあるパネルを見ながら、にこやかな表情を浮かべている。

（答え、だったのかな、やっぱり）

同じ時間を過ごしながらも、まだ見えてこない彼女の姿。僕はなんとかして、出会いたいと思っていた。

だけど彼女は、いつもどこか違う所にいた。共に物を作りながらも、視線はずっと、違う所を見ているようだった。

――シノアキのことを知りたいんだ。半ば、搾り出てきたような僕の言葉に、彼女は直接答えるのではなく、違う形で問いかけてきた。

いっしょに来てくれん？

はい、と答えることが、彼女のことを知るきっかけになると思った。だから、反対するようなことなんて、なかった。

そして僕は、彼女と共に福岡の街を目指している。

何かを彼女からもたらされるのか、それとも、僕が彼女に聞く形になるのか。それはまだわからないけれど。

でも、来てみなければわからないと思った。だから、二つ返事で来ることを選んだ。

(来たことに、後悔はない……けれど)

とはいえ、少しばかり危惧していることは、あった。

「ほんとに来ちゃってよかったのかな」

「なんで?」

不安そうに言った僕に、シノアキはきょとんとした顔で応じた。

「だってほら、家族でもなんでもない僕がさ、いきなり実家にお邪魔するんだよ」

僕も福岡(ふくおか)には行ったことがなかったし、バイトもそこまで切羽詰まっていない時期だったから、YESの返事をしたことに問題はなかった。だけどまさか、ご実家に招待されてお泊まりまでするとは、思ってもみないことだった。

「そんな、ええんよ。お父さんも人を家に呼ぶのが好きな人やし、それに弟を入れて3人だとどこかさみしいしね」

「そういうものかなあ……」

「うんうん、だから心配せんでいいんよ」

にっこり笑ってくれて、少しはホッとしたけれど、やっぱり心のどこかには申し訳ない

という感情が残っていた。

それに僕にはもう1つ、気がかりなことがあった。

シノアキはそんな僕にかまわず、楽しそうに話を続けている。

「恭也（きょうや）くんには糸島（いとしま）の海の幸を食べて欲しいんよね」

「そっか、海が近いからね。何がとれるの？」

「うん、糸島ではカキがようとれるけん、それを食べるお店があるんよ。たのしみやね」

一見すると何の影響もないように思えるけど、実際はその笑顔の陰に、蓄積した疲れが見えていた。

病院で休養して治療したといっても、そう簡単に元に戻るものじゃない。そもそも、体調を崩して実家に帰るのだ。楽しい里帰りとは、理由が異なる。

彼女の家族が心配していると思うと、心苦しくなる。できることならば、ゆっくりと羽を伸ばして休んで欲しいところだけど。

（でも、ラノベの〆切を考えると……）

担当の編集さんには、快復したシノアキから電話をかけて状況を説明した。スケジュールにはまだ少し余裕があるとのことで、延期はしない方向での調整をしますと説明があったらしい。

もちろん、永遠に延期ができるわけでもない。それに、今後の彼女の仕事予定を考えると、どこかで区切りをつける必要がある。

シノアキは、穏やかな表情で窓の外を見ている。一面に広がる雲海の中、キラキラとした太陽光が、彼女の顔を照らしている。

どこか神々しさもあるその光景に、僕は10年後の世界を思い出していた。

サンフラワー。僕を救ってくれた、奇跡の本。

あのとき、僕は思っていた。これを作っていた人は、どんな人なのだろうと。もしできることならば、会ってみたいと。

その願いは、思いも寄らない理由から叶うことになった。しかも、彼女自身が作られていく過程までも、いちばん間近で見ることになった。

（皮肉、だよな）

僕は選択を迫られている。彼女の身体を気遣うならば、黙って見守るのがいいのだろうし、クリエイターとして先に進ませたいのなら、励まして描かせる方へと導くのがいいのだろう。

これまでの僕なら、迷わず後者を選んでいたはずだ。

だけど、僕は迷ってしまっている。あれほど、エゴを出していくと誓ったはずなのに、いざ彼女の変化を見ると、すべてが元へ戻ってしまった。こんなに半端なことでは、きっとまた何かのひずみを生んでしまう。

学生として、憧れとして見ていた世界は、もう完全にプロの世界へと変わっていた。彼女たちが次々と生まれ変わっていく中、僕だけがまだ、アマチュアのままだった。

もどかしく思い悩む中、ポーンと電子音が響き、着陸態勢に入る旨のアナウンスが機内へと流れ出した。

「あっ、そろそろやね」

シノアキが姿勢を戻し、シートベルトを装着した。

僕もそれにならいつつ、頭の中ではさっきの思考を繰り返していた。シノアキの今後は、果たしてどうなるのがいいのか。

(この場所で、何か見つけられないと、な)

誘われるがままについてきた福岡(ふくおか)の地で、僕は憧れのクリエイターの、原点を知ることになる。それが吉と出るのか凶と出るのか、まだわからなかった。

◆

まだ暑さが残っているこの季節、大阪(おおさか)の南の方はジメ〜ッとした湿気をともなった暑さがずっと続く。残暑っていうからにはさっさと溶けてなくなってほしいが、まだまだ全然、そんな兆しもない感じだ。

「はー、シェアハウスにクーラーがあってよかったな、しかし」

文明の利器のおかげで、俺たちはまだ快適にこの時期を過ごせている。今はここにいないあいつらも、きっと快適な時間を過ごしているに違いない。

チラッと、居間のテーブルに空いた２つの席を見る。

シノアキと恭也（きょうや）が揃（そろ）って福岡に行ってしまった。

ただ九州へ行っただけなら「行った」とだけ言うのだが、福岡はシノアキの実家だ。誘う方も誘う方だが、誘われて行く方も行く方だ。そんなの、第三者である俺から見てもけっこうな事態だ。

「そ、そそそろそろついた頃かな、シノ、シノアキたち、ね？」

目の前で挙動不審を全身で示しているこいつなんかは、もうたぶんこれ以上ないぐらいに動揺しているに違いなかった。

「そうだな、16時半着って言ってたからそろそろだろ。あとナナコ、お前手に持ってるのってコップじゃないから気をつけろよな」

「えっ？　あっ……！」

慌てて、手に持っていたビタミン剤の瓶を机に置くナナコ。上の空で手元だけ動かすからそういうことになる。

急遽（きゅうきょ）、出かけていった２人を見送り、俺たちはここで留守番をすることになった。俺はまあ、今となっては仕事部屋になるのだが、目の前のこいつが暇してそうだなと思って来てみたら、案の定だったというわけだ。

(心ここにあらずだな)

まあ、見ようによってはかわいく見えるかもしれないが。

バツが悪そうに唇をとがらせると、ナナコはジトッとした声で、

「貫之(つらゆき)はさ、気にならないの？　恭也(きょうや)とシノアキ」

「そりゃ多少はなるさ。でも、あいつらに限ってこれでくっつきましたって感じでもないだろ？　いっしょに福岡(ふくおか)グルメを食べて、おいしかったね〜で帰ってきそうじゃん」

「貫之は知らないから言えるのよ……」

ナナコはそう言って、不満そうに頬(ほお)を膨らませた。

「って、何かあったのか？」

「なんでもない！　それはそうと、あんたラノベの方はどうなのよ、もう2巻を書き始めてるって言ってた割には、進んでなさそうじゃない」

ぐっ……痛いところを突きやがる。

たしかに、2巻の執筆に入ってはいたが、厳密にはまだその準備段階、プロットを書いているところだった。実際に原稿にしていくのは、その後のことだ。

「ん、まあ、そっちもまあがんばってはいるよ。なかなか結果には結びつかないがな」

プロットは難航していた。

初稿はすでに担当編集へ出していたが、ほとんど時間もかからずに突っ返されていた。

メールには、『もう一度、きちんと読み込んだ上で、あなたがこれで大丈夫と思うのかご判断してから送ってきてください』とだけ書かれていた。

正直、何も言えなかった。自分でも、とっちらかった内容なのは自覚していた。

だから、すがるような思いで提出してみたが、向こうはプロだ。甘い考えを即座に見抜いて、そのまま返されてしまった。

（悪い部分は、なんとなくわかっているんだ）

俺はアイデアを出すのは比較的得意だが、それを構成し、枠内にまとめる力が不足している。1回生の最初に作った映像作品の脚本もそうだったが、シーンの必要と不必要を見極める力が足りない。

そして、その取捨選択に長けているやつが、俺の周りにはいる。

（恭也にもっと相談したい、だが……）

あまりに頼りすぎるのもどうか、という思いはある。

俺はかつて、恭也にあれだけ助けられながらも、その恩を仇で返したという罪がある。

あいつはもちろん、そのことを持ち出したりはしないし、俺も今は心機一転でやっていこうという気持ちは強い。

でも、だからこそ今度はあまりあいつを頼りたくない。俺自身の力で前に進まないことには、本当の意味であいつと同等にはなれないと思うからだ。

煩悶する様子が顔に出ていたのか、ナナコが神妙な顔をして、

「……なによ、いつもみたいに言い返してくるのかと思ったのに、普通にへこんでるじゃないの」

「そりゃな。上手くいってなけりゃ、元気も出ねえよ」

「ふうん……」

ナナコは何か納得したような感じでうなずくと、

「あのさ、あんたは嫌がるかもしれないけど」

「なんだ？」

何か恥ずかしいのか、顔を横に向けながら、

「あたしさ、自分1人で曲とかがんばって作ってみようと思ったんだけど、まだ全然そういうのに慣れてなくてさ。詰まっちゃってるのよね」

そういや、ナナコも恭也にプロデュースや意見交換を頼んでたんだったな。でも、こいつ自身の意志もあって、過度に関わらないように方針を変えたとも言ってたが。

「まあだからその……愚痴とかそういうの、お互いに吐き出しましょ？　がまんして誰にも言えないよりかは、多少ラクになるでしょ」

意外、だった。

ナナコがこういうことを俺に言うのもそうだったが、やり場のない思いや愚痴をため込んでいることも、意外だった。

(そっか、俺だけじゃなかったんだな)

正直、ナナコは俺なんかよりずっとクリエイターとして成熟していると思っていた。

恭也の協力を自分から減らした覚悟もそうだったし、作っているものにしても、手癖でどうにかしようとせず、常に模索して先を進もうとしていた。

だから、正直ちょっとホッとしたし、仲間を得たという気分にもなれた。

「へえ……」

「なによ、そのへえ、って。嫌ならいいのよ」

相変わらず、そんな憎まれ口を叩いてきたので、

「いや、そんなことねえよ。ありがたい申し出だ」

俺はそう言って、大げさに頭をさげると、

「愚痴のお相手、何卒よろしくお願いいたします」

「ちょ、ちょっとやめてよ、改まってそう言われるの、恥ずかしいでしょ！」

いつもの通り、わちゃわちゃと手を振って照れていたので、俺は笑ってしまった。

「笑わないでよ、もう！」

「悪い悪い、まあよろしく頼むわ」

色恋のやきもきでしんどいだろうって心配して来たはずなのに、逆にこいつから気遣われるようになっていた。

(もう、そういうところまで来ているんだな)

あのとき、戻ってくる決心をしてよかったなと、しみじみ思った。

こいつらとこんな話をしながら創作ができるだけで、俺は幸せ者だ。

◆

福岡(ふくおか)空港は、本当に街の中にあった。地下鉄で数駅も行くと最大の繁華街に出ることができて、これはたしかに他の街にない特徴だなと感じた。

そこからもう少し先へ行くと、福岡ドームなどがある地域へ入り、地上に出てすぐ海岸線を走っていたかと思うと、もう山々や田畑が見えてくるという、すべての要素が小さくまとまっているコンパクトな街だった。

「ここに引っ越してくるとね、最初は遠くに来たなあってしょんぼりするみたいなんやけど、住んでるうちにいいとこだなってなるみたいよ～」

シノアキは嬉(うれ)しそうに、そんなことを言った。

住宅街と同じぐらいに田畑が混じりはじめ、のどかな風景へと変わりだした。国立大学の名前がついた駅を過ぎ、もう1駅を越したところで、

「次は、ハタエです」

そう、アナウンスが流れた。

「あ、ここで降りるんよ」

シノアキが言って、さっと座席から立ち上がった。

「ハタエ……ああ、波多江(はたえ)って書くのか」

車内の路線図に、漢字名が記されてあった。波が多いと書くからには、海が近い場所なのだろうか。

色々考える間もなく、電車は到着し、ドアが開いた。僕とシノアキはホームに降り立つと、そのまま彼女の先導で、改札方面への階段を上っていった。

階上の開けた場所に改札があり、ＩＣカードをタッチして出口へと向かった。

程なくしてパッと開いた景色は、ごく普通の田舎町といった雰囲気だった。

「ここが、シノアキの育った街か」

駅前には農協の建物があり、小さなスーパーと銀行、そして広い駐車場がある。少し離れたところに大きな体育館と白い建物が見えて、おそらくは小学校か中学校と思われた。

「ふふっ、何もなかろ？　何もなかけど、ええとこなんよ」

たしかに、特にこれといって特別なものもなかった。駅名から、海が一面に広がっているのかと思いきや、そんなこともなかった。

でも、この街からシノアキが生まれたのだと考えたら、こののどかな風景も、何か特別なものがあるように思えて仕方がなかった。先入観と言われればそれまでだけれど、今の僕にはどうしても、素直に見たままを受け取ることはできなかった。

シノアキはスマホでRINEを確認すると、

「お父さんが迎えに来とるって。もう着いてるはずだけど……あっ」

キョロキョロと見回したシノアキが、すぐに声を上げた。

ちょうどこっちに向かって、1人の男性が歩いてくるのがわかった。

「亜貴(あき)、おかえり」

男性はニコニコとやさしい笑みを浮かべながら、シノアキに話しかけてきた。

彼女も嬉(うれ)しそうにうなずくと、

「うん。あ、恭也(きょうや)くん、お父さん」

僕に向けて、紹介してくれた。

「橋場(はしば)恭也さんですね。亜貴の父の仁(じん)と申します」

仁さんは、丁寧にあいさつをすると自然な流れで頭を下げた。50代ぐらいだろうか、髪に白い物が交ざっているけれど、銀縁のメガネが似合う、スマートな紳士という印象の男性だった。

（この人が、シノアキのお父さん、か）

平穏な田舎の風景と同じく、失礼な話だけれど、取り立てて特別なものを感じるわけでもなかった。やさしいお父さん、という感じだ。

「あ、どうもはじめまして、橋場です」

ペコッと頭を下げて、

「すみません、あの、急におしかけてしまいまして」

「はは、いいんですよ。３人だとうちもさみしいからね。ひさしぶりのお客さんで、ワクワクしてるとこもあるんです」

恐縮しながら言った言葉は、あっさりと許容されてしまった。シノアキの言うように、その点については心配もいらないようだ。

「あれ？　優くんはどうしたと？」

シノアキが、不思議そうに周りを見渡しながら尋ねた。

「ああ、優は……家にいるそうだ。いつもの人見知りだよ」

「ふうん、そっか」

仁さんの言葉に、シノアキも納得してうなずいた。

「シノアキ、その……弟さんのこと？」

僕が尋ねると、シノアキはにっこりと笑って、

「そうやよ〜。でもすごい恥ずかしがり屋やけん、こういうとこには来んとよね」

「すみませんね、折角いらしていただいたのに。あとで言っておきますから」

シノアキと仁さんの2人から説明を受けて、

「あ、いえいえそんな、気にしていませんから」

あわてて、手を振ってお構いなくの意志を示した。

そういや、シノアキは以前に少しだけ、弟について話をしたことがあった。

しっかりもので、シノアキに対してちょっと厳しくて、だから彼女も冗談めかした感じで「好かん！」って言ってたっけ。

もちろんそれは愛情の裏返しだってわかってたから、よけいにどんな弟さんなのか気になっていたけど。

（顔合わせは少しおあずけになりそうかな）

多少、不安めいたものが、心の中に湧き上がってきた。

「車をそこに停めてるので、とりあえず家へ行きましょうか」

仁さんの言葉に「はい」と答え、僕らは後をついていった。歩きながら、生じた不安について考えを巡らせる。

特に2人から注意などはないし、ことさら気をつけることもないんだろうし、おそらく

は気恥ずかしさとか人見知りとかでこうなっているんだろうけど、

（気にはなっちゃう、よな）

別に大歓迎を期待していたわけじゃないけど、邂逅（かいこう）の時点でキャンセルを食らうと、どうしても心配になってしまう。

まあでも、今からそこまで気にしても仕方がないし、何より、彼に気に入られるために来た旅でもないのだから、険悪にさえならなければそれでいいようにも思う。

なのでひとまずは、気にしないことにした。

◆

サクシードソフト、本社開発室。わたしのアルバイト先だ。

といっても、最近はアルバイトってなんすか食べられるんすかってぐらい、バリバリに働いている気もするけど！

まあそれについては楽しいからいいとして、わたしはとっても不満なことがある。何が不満なのかについては後で話すとして、今はできたばかりのこの仕事を、上司であるお兄様に提出しなきゃいけないのだ。

「茉平（まつひら）さん、できましたっ！　アイテムその他20点、言われてた通りカンッペキに仕上げてきましたぁ！」

自信満々の表情で、プリントアウトした画像の一覧を、茉平さんの目の前に差し出す。

「お、速いね。じゃあチェックするよ」

そして、いつも通りの丁寧な所作で、1枚1枚をうなずきながら見ていく。なんかこう、細かい作業が全部サマになってるんだよなあ、茉平さんって。

「そういや、パイセンから何か連絡ってありました？」

「橋場くんから？　いや、休みますって連絡以外は来ていないけど」

わたしは、多少なりともぐぬぬとなりつつ、パイセンから届いたＲＩＮＥメッセージを茉平さんの方へ向けて突き出した。

「なになに？　こっちは街がきれいで、海が近いので海産物とかもおいしいと聞いていますよ……かあ。いいなあ、橋場くん」

「ですよねぇ！　こうやってタケナカとお兄様がグリグリバリボリに仕事してるってのに、パイセンときたら、シノアキ先輩と仲良くご実家訪問だなんて、そんなん格差社会にも程があるってもんすよ！　いっそのこと、タケナカ王国内ストライキでもやってやろうかなって、え、はい？　どうしました？」

続けてしゃべろうとしたら、茉平さんはサッと、わたしの前に手のひらを向けて、ストップの指示を出した。

「はい、竹那珂さん、そこ修正。お兄様はダメって言ったよね？」

「え〰〰〰っ、ダメなんですかお兄様。タケナカ、パイセン以来にいい感じのニックネームだなって思ってたんですけど〜」

「ダメだよ。だって僕はひとりっ子だし、何より君の兄でもないしね」

「でもでも、茉平さんのお兄様感ってマジすごいと思うんですよ！　タケナカ的には最高なんですけどねえ」

「だめ。はい、じゃあさっきのところから言い直して」

相変わらずのニコニコで穏やかな茉平さんだけど、どうしてもお兄様呼びは許してもらえなかったようだった。

「はぁい。で、茉平さんとタケナカがこうやって仕事してるのに、パイセンだけいいなあって、そういう話なんですよ！」

わたしの先輩、通称パイセンは、今ちょうどお出かけ中だ。と言っても、心斎橋とかなんばに行ってきますってレベルじゃなく、遠く福岡だ。当然、その間はお仕事もお休みってことになる。

事情があるのはもちろんわかってるし、パイセンならそうするだろうな〜ってのもめっちゃくそわかるんだけど、でも、大尊敬してるパイセンと、少しの間とはいえいっしょに仕事ができないってのは普通にさみしい。いや、めっちゃさみしい。

だからこうやって、もう１人の先輩である茉平さんにギャアギャア言ってかみついてるんだけど、なんかこう、上手い感じでひらりひらりとかわされてる感満載で、わたしとしては超絶くやしいのだ。

ほんとなんなんだろう、このかわし上手！　闘牛士か！　スペイン育ちか！

「しょうがないよ。志野さんだっけ？　その子のことが心配だって言うから、だったらいっしょにいてあげなよって僕からも勧めたしね」

「えっ、茉平さん公認なんですか!?」

パイセンとシノアキ先輩は、わたしが知る限りでもめちゃくちゃ信頼関係が分厚い。だからこそ、今回もいっしょに福岡へ行ったんだろうってのもわかるけど、まさか茉平さんからまでＯＫが出ていたとは！

「ははっ、別に僕が許可してどうこうってことでもないよ。ただの一般論だって」

「うーん、そっすかぁ……」

「それにね」

茉平さんは少し真面目な顔をすると、

「物を作ってる人が体調を崩すってのは、いきなり手遅れになることも多いからね。いくら彼女が若いからって、軽く見るのはよくないんだよ」

すごく真剣に、シノアキ先輩を気遣っているのがわかった。

「そ、そうですね、それはそう、だなって思います」

なんか、ここは突っ込んじゃダメだなって、直感的に思った。

茉平さんって、普段こうやってしゃべってる上では、冗談も通じるし話もおもしろいし、タケナカみたいなバカでもしっかり話のトーンを合わせてくれる。コミュ強ってこういうことか！って感心するぐらい、その辺に隙がない。

だけど、こと健康とかそういうことについては、なんか執着というか、特別な思い入れがあるのかなーってのは、最近になって思うようになった。少し前に、タケナカが風邪気味でマスクして出社したときなんか、仕事はやっておくからすぐに帰って寝なさいってちょっと強めに言われたし。

まあ、あれは社員にうつしたら大変なことになるからってのもあったんだろうけど、それにしても、ここは触っちゃダメなとこなんだなってのは、改めて思った。

「ま、そういうわけで、橋場くんのいない分は僕らで補おうよ」

「そうですね、タケナカ、その分がんばりますっ！」

変なとこを掘り下げでもしない限り、めっちゃとっても理想的な先輩なのだから、わたしもそういうところは気をつけつつ、パイセンが帰ってくるまで仕事をがんばろうって思った。

(元気、やる気、タケナカ！　ここでやっておけば、きっとパイセンだってめっちゃ喜んでくれるはず！）

そうだ、こういう非常時にこそ、パイセンはきっとわたしがどれだけ1人でやれるかを見てくれるに違いないんだ。

おおぅ、タケナカさんやるなあ！　じゃあ次の企画はぜひ君をメインスタッフに……みたいなことだって夢じゃないかもしれないしね！

とりま、今終わったこの仕事をささっと処理して、次の仕事を……

「あ、それで、今提出してもらったこのグラフィックだけど、リテイクありそうだからちょっとまとめとくね」

「ギャーッ！　その辺は容赦ないんすね、先輩！」

◆

シノアキの実家は、車だと数分もかからないところにあった。閑静な住宅街という言葉の似合う、落ち着いた場所だった。

「ここが、シノアキの家かあ」

自宅は、思ったよりも大きかった。洋風の建物で、窓の作りが特徴的だった。

来る途中にシノアキに聞いたところによると、最初は建て売りの新築を探していたところ、中古で理想的な物件が見つかり、急遽(きゅうきょ)そこにしたとのことだった。その理想的な物件が、この家だった。

「昔よく、亜貴(あき)が魔法使いの家だって言ってたんですよ」

「わたしそんなこと言っとったん？　ふふっ、覚えとらんね〜」

本人も記憶にないようだったけど、たしかにちょっと言いそうな感じではある。

（魔力、ありそうだもんな）

窓の形や屋根の形状など、そこには明らかに、周囲の日本的な建物とは一風違う雰囲気が漂っていた。シノアキを生んだ環境に特別なものを求めるならば、おそらくここが挙がるんだろう、という感想だった。

シノアキ、仁(じん)さんに続いて家へと入った。玄関は広くて開放感があった。きれいに整頓されていて、片付けの苦手なシノアキの印象とは少し異なるものだった。

玄関から向かって右手に長い廊下があった。シノアキの説明で、そこからすべての部屋に通じているということだった。

「客間は1階にありますから、そこに荷物を置いてくださいね」

先に鍵を開けた仁さんからそう言われ、突き当たりのドアを開けようとした。

「あれ、鍵が……」

だけど、そこは施錠されていて開かなかった。

「あ、客間はそこやないんよ。こっちこっち」

「そっか、ごめん」

シノアキに誘導されて、別の部屋へと連れて行かれた。

案内された客間は、光のよく入る和室だった。畳敷きのがらんとした部屋に、布団が一式、たたんで置いてあった。洋風の建物の中でここだけは少し異質で、あとからリフォームして作られたように思えた。

「何か足りないものがあったら言ってくださいね」

仁さんはそう言ってくれたけど、急にやってきた人様の家で、そんな要望を出すのはさすがに気が引ける。

（アメニティとか、もし足りなかったらコンビニでも行こうかな）

さっき行きがけに、ドーソンがあるのも確認したから、何かあったらそこを頼ろう。今の日本、コンビニさえあればまあ何とかなる。

荷物を置いて、必要な物を取り出して、ふう、と息をついた。彼女の言葉のままに福岡までついてきて、そして実家にまで上がり込んでしまった。ただの友人にしては、明らかに深入りしている状況だろう。

「いったい、何を考えてるんだろう」

シノアキに対する問いでもあり、自分に対する問いでもあった。

僕自身、まだわかっていないことがたくさんあった。彼女のことを知ってどうするのか、判断材料を探すためにここに来たのか、単なる興味の延長なのか、理解しきれていないところがあった。

家庭的で、温かな今の状況とはまるで逆の緊張を、僕はずっと持ち続けている。シノアキという存在に対しての計り知れなさは、まだほんの少しも理解が及んでいなかった。

「夕食の準備ができたら声をかけますね」

さっき、部屋に入るときに仁さんからそう言われた。てっきり外食だと思っていた僕は、意外に思った。一応、その準備として食費は多めに持って来てたのだけど。

「楽しみにしとってね～」

シノアキもそう言って自分の部屋に戻っていった。

（あまり外食をしない家なのかな？）

不思議に思いつつ、30分程度で声がかかったので、ダイニングへと向かった。

玄関からすぐ正面のドアを開けたところ、4人掛けのテーブルにはすでに1人、誰かが座っていた。

高校生ぐらいの男子だった。シノアキの説明を受けるまでもなく、僕はそれが誰であるかを知った。

（これが、優くん……か）

少しうつむいた感じで座っていた彼は、シノアキによく似ていた。彼女が今よりもさらに髪を短くしたら、こうなるのかなという容姿だった。

整った顔立ちに中性的な雰囲気、しかも身長もそこまで高くなさそうで、男女問わず好かれそうな雰囲気だ。

「こんばんは、はじめまして」

軽く声をかけてみたけれど、彼は軽く頭を下げた程度で、返答はなかった。

（そういや、人見知りするって言ってたっけ）

重ねて何かを言う気もなかったので、そのまま僕も席へとついた。

少しばかり、無言の時間が続いた。彼が何を考えているかはわからないけれど、あまり好意は持たれていないのかな、とは思った。

（気まずい……）

早く、シノアキでも仁さんでもいいので来てくれないものかと思っていたところ、

「お待たせやね～」

心の声が聞こえたのか、シノアキがドアを開けて入ってきた。

「あ、優くん、お父さん手伝ってあげて」

彼女が声をかけると、優くんはうなずいて席を立った。

相変わらず言葉はなかったけれど、姉の言うことには従順なようだった。

彼が部屋を出て行ったあと、シノアキは僕の方を見て、

「優くんと何かしゃべってたん？」

一瞬、どう答えようか考えたけれど、

「うん、あいさつしたぐらいだけど」

無用の心配をさせても仕方がないので、流しておくことにした。

「あんまりしゃべるの上手やない子やけど、ごめんね」

どうやら、シノアキもそれを心配していたようだった。

程なくして、優くんは仁さんと共に戻ってきた。手には豪勢な料理の入った大皿があって、そこから食欲をそそる良い匂いが漂っていた。

「えっ、すごい……」

次々と、テーブルの上に料理が並べられていく。それらは明らかに家庭料理の域を超えていた。

牛肉をワインで煮た風なもの、カラフルで彩りよく盛り付けられたサラダ、焼きたてのパン、暖かいオレンジ色のポタージュスープなど、すべてがプロ級の仕上がりだった。

どうして、と僕が問う前に、

「お父さん、お仕事がコックさんなんよ」

シノアキからあまりにも的確な回答をもらって、深く納得した。

「せっかくなので、今日はつい張り切ってしまいました。さ、食べましょう」

エプロンを外した仁さんと優くんが席に座り、僕らはそろって食事を始めた。

この見た目のよさから味が悪いなんて100に1つもあり得ないと思っていたけど、当然のように、テーブルの上の料理はどれもおいしかった。

「すごく……おいしいです」

そのことを仁さんに伝えると、

「よかったです、お口に合いましたか」

そう言って喜んでくれた。

「やっぱりお父さんの料理はおいしかねえ～」

シノアキも満面の笑顔で料理を楽しんでいる。

「なんか、全然違うんだね……びっくりした」

僕もそれなりに料理はする方だけれど、味付けにしろ盛り付けにしろ、細かい部分がまったく違うことに改めて驚かされた。プロなのだから、当然なのだけれど。

どこか技術を盗めないかと、考えながら料理を味わっていると、

「橋場さんに伺いたいのですが……」

突然、そのご本人から話しかけられた。

「あ、はい、なんでしょうか」

仁さんは少しばかり聞きにくそうに、

「あの、亜貴は……向こうで料理などはしてますでしょうか？」

とたん、シノアキの動きがピクッと止まった。

「りょ、料理はその、あまりしてな、ひっ……！」

その瞬間。シノアキがこれまでに見せたことのない鋭い目を、僕の方へと向けてきたのだった。（あかんよ！）って顔をしている。

こ、ここは合わせておくしかない。

「し、してますよ、色々。あはは」

「そうですか、何か、得意料理ですか、得意料理みたいなものは」

「とっ、得意料理ですか、それは、あの」

すぐに思い浮かんだのはラーメンだ。でもそれは、袋から出して沸かしたお湯で作れるものだった。しかも、そんな簡単なものですら彼女はけっこうトチる。

視線の奥では、シノアキが「う～っ」という顔をしている。しかし、僕にしてもシノアキの作る料理そのものを見ていないのだから、どうしようもない。

僕が答えに詰まっていると、仁さんは軽くため息をついて、

「なるほど、なんとなくですがわかりました……亜貴」

「は、はぁい」

「別に何でも作れるようになれとは言わんが……いざというときに困らないよう、最低限のことはできるようにならんといかんぞ」

「……はぁい」

　思ったよりもずっと素直に、シノアキは仁さんの言葉にうなずいた。やはり、インスタントラーメンだけを錬成する生活からは、なんとか抜け出した方がいいらしい。

（こんなシノアキを見るの、新鮮だな）

　元々、聞き分けのいい子ではあるんだけど、こうやってお説教っぽいことを言われてシュンとしているのは、ちょっと面白い光景だった。

「じゃあお父さん、ここにいる間に料理教えてよ～」

「何度も教えただろう？　亜貴はすぐに自分流にするからなあ」

　ちょっとだけ膨れたシノアキと、楽しげにほほえんでいる仁さん。ほほえましい光景に、関係ない僕もつい笑ってしまう。

（それにしても……穏やかな人だな）

　改めて、仁さんの方を見る。

少し白髪の交じった髪を、丁寧にうしろの方へとまとめている。オールバックってやつだ。料理人をされているからだと思うけど、全体的に清潔感があって、凛とした感じもあった。

だけど顔立ちは柔和そのもので、シノアキとは似ていないけれど、独特のあの温かさはお父さんから受け継いだのかなと思われるところがあった。

これまでに声を荒らげたことなんて一度もなさそうな、そんな雰囲気を感じる人だ。

（それに対して、か）

僕ら3人が楽しく笑う中、弟の優くんの様子をチラッと見ると、

「…………」

（……えっ？）

一瞬、気のせいだったかもしれないけど、彼は僕の方へ、明らかに好意的ではない視線を向けた。

すぐに視線を落としてしまったけれど、ここまでロクに話もできていないし、悪い感情を持たれている可能性は、残念ながら高いと言えた。

（悪い感情を持たれるほど、まだ何も話していないんだけどな）

考えられる理由としては、家族という枠の中に、僕という異分子が入ってきたことに対する警戒、というのがある。要は邪魔するなってことだ。

少しばかり妙な発想が生まれてしまった。

入ってきた異分子に対する否定的な態度、そして、シノアキの言葉には従順なところを見るに、もしかしたらだけど、

（あ、まさか）

（お姉ちゃんを取るな、って思われてるのか……？）

考えられることだった。いきなり、姉が男性を連れて実家に戻ってきたのだ。理由はどうであれ、それは体裁として受け取っていたとしたら、僕の存在は明確に面倒なものとして映るだろう。

今後、ひょっとしたら家族になるかもしれない存在、ってことだ。

（いやいやいや、さすがにそれは性急すぎ……るよな？）

僕はそう思っているけれど、彼の立場から見れば逆に「それ以外の何に見える？」となるのかもしれない。状況証拠は、どうにも僕にとって分が悪かった。

まあ、ここへ来たのも突然のことだったわけだし、おそらく優くんの了解を取ることなく、決定事項として僕の来訪を告げられたことを考えると、自分だけは絶対に拒絶してやるという今の態度は、とても納得のいくものだった。

『弟はしっかり者やけん』

そんな彼女の言葉を今さら思い出していた。

家を、今までの生活を守るのは自分だという意識がこういう態度を取らせているんだとしたら、急にとても申し訳ない気分になってきた。

(滞在中、ちゃんと話すことができるのかなあ)

おいしい料理とは裏腹に、気持ちはやや重くなった夕食会だった。

◆

ナナコとの『仕事の愚痴を言い合う協定』が結ばれてすぐ、じゃあいつやろうかという話が持ち上がってきた。

こういうとき、俺もナナコも、思い立ったが吉日で動けるタイプだ。早速、その足でコンビニに行き、買い出しを済ませてきた。

「缶チューハイは買ってきた、ジュースも買ってきた、おつまみも買ってきた、ケータイも切ったし、邪魔はもう入らない。というわけで、ナナコ、いいか？」

「オッケーだよ！　じゃ、飲んで愚痴ばっかり言う会、はじめよっか！」

「よっしゃ、じゃあ乾杯!!」

カーン！　と小気味よい音を立てて缶がぶつかり、それがゴングとなって、約束したばかりの愚痴大会が早速始まった。

「なんかさー、自分でもめっちゃ良く歌えた！　最高！　って思った曲があるとするじゃない？」

「ああ、会心の出来ってやつ、あるよな」

「すっごく期待するのよ、あたしの最高傑作！って思いながらニコニコに上げるんだけど、そういうのに限って、全然再生されないし、反応もまばらだったりするんだよね～」

はあぁ、という深いため息。

「で、あれか？　これそんなに良かったの？ってやつが、めちゃくちゃ評価されまくって代表作って言われたりするんだろ？」

「もうほんっと、それそれのそれ!!　いや、めっちゃ喜んで聴いてくれるのは嬉しいんだよ？　嬉しいんだけど……そっちもいいならこっちも!!ってなるのよね……」

「なるほどなあ～」

悔しがるナナコを見ながら、缶チューハイを流し込む。ちなみに、ナナコは笑っちまうぐらいに酒に弱いので、今日はジュースでの参戦だ。

元々、俺は愚痴だけを言う飲み会というのは好きじゃない。それよりは解決策を前向きに考えた方がいいだろ、ってどこか素に戻ってしまうからだ。

だけど、ナナコみたいに同じクリエイターで、しかも畑の違う奴の話を聞いていると、自分の悩んでいることが多少は楽に思えてくる。

（まあ、まだ解決には遠そうだけどな）

口にすれば、気だけは楽になる。どんより落ち込んでいる状態が続くよりは、こういう会で息抜きをするのは全然アリというわけだ。

「んで、貫之（つらゆき）は何かないの？　言うこと」

「いや、もうそりゃたくさんあるよ」

また一口、チューハイを飲み込むと、

「プロット、そもそもめちゃくちゃ苦手なんだよ。予定をしっかり決めて、それに沿ってものを書くってのがあまり得意じゃないからな。だから、ほんとこの苦手をなんとか克服しねえと、毎度プロットのときに死ぬ思いをすることになるんだよな……」

はぁ、と盛大なため息をつく。

「でもよお～、そんな簡単に弱点が克服できたら苦労しねえっての～」

俺だって、これがネックになることはとてもよく理解している。

だから、プロットの立て方、頭の整理の仕方みたいな本を何冊も買って読んだし、小説とは違う脳みそなのかと、ビジネス書まで手を広げて、研究もやってみた。

しかし、今のところは芳（かんば）しい成果は出ていない。

「ん～、しんどいところよね、苦手なとこがハッキリしちゃうのって」

「まったくだよ、ここに来てこれかよって、悩みが尽きねえわ」

ナナコはうんうんとうなずいて、

「あたしも、さっき言ってた再生数のこととか、曲選びの段階でもっと考えたり、オリジナルの曲を出したりすれば解決しそうなとこなんだけど、ずっとこれまでそういうのを人に頼りっきりだったから」

「それだよ、俺もずっと、まとめたり整理したりは得意な奴がいたから、そこまで本気になって取り組まなかったってのがあるんだよな」

どうも、自然と話はそっちに向かうらしい。

俺たちはほぼ同時に、あいつのことを思い出していた。

「ま、頼りすぎちゃいけないから独り立ちしよってことなんだけど」

「ご立派に言って、できなきゃ意味がねえんだよなあ」

再び、2人して大きなため息をついた。

完全にあいつ抜きでものを作れるには、まだ足りないところが多そうだ。

「でもさ」

ナナコが、ふと口を開いた。

「貫之ってさ、なんだかんだ追い詰められたところで、自分で奮起してがんばれちゃうところはあるよね」

驚いた。むしろ自分は、そこで弱く立ち回るとばかり思っていた。

「そんなことないだろ。ゲームを作ったときだって、結局俺は逃げた。恭也とお前が連れ戻しに来てくれなかったら、ずっと川越で腐ったままだったよ」

「でも、恭也はあそこできっかけしか与えなかったじゃん。それって貫之ができるって信じてたから、そこで止めたんだと思うけど」

そんなものか……。俺からしたら、かなり強く手を引いてもらった気がするけれど、少なくともナナコにはそう見えていなかったのか。

「だから今回もさ、もう一歩がんばってみたら、結局はちゃんとできそうな気がするのよ、あんたは。むかつくけど」

最後の感想はともかく、俺はそう見られてるのか。

「……そっか、じゃあまだ追い込まれきっていないのかもな、俺」

掲げた缶チューハイに、自分の顔が映る。

川越に帰ってすぐの頃は、そりゃもう酷い顔だった。痩せこけて生気がなく、生かされてるって表現がとても似合っていた。

だけど、恭也のおかげで一気に生気が蘇った。思い切った行動をとることができて、親父とも向き合うことができた。

俺はすべてを恭也のおかげだと思っていたけど、そこで踏み出せた勇気についてだけは、自分のことを信じて良いのかも、と思えた。

（どうなんだろうな、俺）

缶に映った俺の顔は、前よりかはずっと頼もしく見えていた。

◆

次の日は、午前中から動くことになった。

仁さんも優くんもお休みだったことから、この辺りを車で案内してもらえることになったのだった。僕自身、福岡はまったく知らなかったので、ありがたい話だった。

4人乗りの、少し旧式のミニクーパーに乗り込み、発進した直後にシノアキが残念そうな声を上げた。

「えー、カキ小屋って今はやっとらんと？」

「関西に行って、カキの時期がわからんようになったんか？　糸島のカキは、10月の終わりから始まるもんだぞ」

仁さんがハンドルを握りながら、ハハッと笑って答える。

たしかに、カキの時期と言えば『英語表記でRの付く月』と言われている。今はまだギリ夏休みの8月だから、オーガストでRは付かない。翌月の9月からだ。

「そっかあ……恭也くん、ごめんね」

「いいよそんな、気にしなくて」

ちょっとは残念ではあるけど、これればかりは仕方ない話だ。

「この先に年中カキ料理を出してくれる店もあるんで、そこに行きましょうか」

仁さんも気遣って、そんなことを言ってくれた。

車はスイスイと、なめらかに海岸線を走っていく。シノアキの実家のある前原市は、糸島という地域の中心地で、半島のほぼすべてを占めている街だった。

海産資源に恵まれていて、さっきから話に出ているカキが名産品な他にも、地酒やイチゴなどが有名らしい。

……というのも、全部道すがらに仁さんが教えてくれたのだけど。

「今は市町村合併の話が出ていてね。この辺りも全部まとめて、糸島市にしようかって流れがあるんですよ」

だけど、今はその合併後の影響によるなんとかで、まだ話がまとまっていないそうだった。どうしても前原市が中心になってしまうから、他の地域がさびれないように、対策をしっかり考えてから、ということらしい。

そういや、10年後の世界でよく観ていた配信者が、この辺りの国立大学に研究者として働いていて、スーパー銭湯や地酒の店に入り浸っていると話していた。ポキモンとかアナガミの実況がおもしろい人だった。

その人が、たしか糸島市とか波多江とかいう地名を、配信で出していた気がする。

だけど、それ以上の記憶となると、漠然としたものしか浮かび上がってこなかった。

(さすがにそんなとこまでの知識はないなあ)

大阪に戻ったら、少し調べてみてもいいかもしれない。

「自転車を買ってもらった頃、よくこの辺にも優くんと来とったんよ。ね?」

シノアキがそう言うと、優くんも黙ってうなずいた。

「遠くに行けるのが嬉しかったんでしょうね。2人して自転車に乗って遠くへ行って、夕暮れ時までずっと出たままってことが何度もありましたよ」

仁さんも目を細めて語った。ほんと、仲の良い姉弟だったんだということがわかる。

「それでね、十字路のとこの駄菓子屋さんが……」

シノアキと仁さんは、そのままこの辺りのことについて話を続けた。あの店がどうなった、この場所はこう変わった、みたいな内容だ。彼女も別に数年ぶりに帰ってきたわけじゃないけど、移り変わりが比較的大きな地域なのかもしれない。

なんとなく置いていかれた感のある僕は、助手席に座っている優くんを、バックミラー越しに見た。

「…………」

相変わらず、こちらの話には交じることもなく、たまに仁さんやシノアキから話を振られたときにも、黙ってうなずく程度だった。機嫌が悪いわけじゃないんだろうけど、どうしても気になってしまう。

（この分だと、今日も話はできないかも、な）

　第二次接触までには、時間がかかりそう……というか、旅行が終わるまでに可能なのかと思うぐらい、壁は厚そうだった。

◆

　喫茶スペード、午後のあまり人のいない時間。

のんびりと本を読むにはいい頃合いなのだけど、残念ながら、今日は１人ではなく２人での来店だった。

「昨日、夢を見てな」

　席に座り、いきなり相手から振られたのがそんな話題だった。

「俺とお前が同じ会社にいてな、そしてお前が上司で俺が部下って関係だったんだ。当然のようにケンカしまくるのかと思ったら、意外にちゃんと仕事しててな。なんかそれが気持ち悪かったから、目が覚めても覚えてたんだ」

ため息をつく。いきなり出してきた話題がなんでそれなんだろう。

「わたしは九路田みたいな部下がいたら胃がまるごと溶けそうだけどね」

「それ言ったら、俺だって河瀬川が上司だったら即会社を辞めるだろうな」

今度は2人揃ってため息をつく。憎まれ口をたたき合う相手のくせに、こういうタイミングだけはやたらと合う。近親憎悪に近い何かなのだろう、たぶん。

「で、どうしたんだ？　ただバッタリ会っただけの俺を茶に誘ったんだから、何か思うところでもあったんだろ？」

実はそうだった。学校をやめた九路田が今どうしているか、そしてこれからどうしようとしているかについては、わたしも正直気になっていたからだ。

「あなたの近況を聞かせて欲しいって思ってね」

九路田は、わたしの言葉に一瞬考えると、

「橋場に何かあったのか？　もしくはお前、何か進路で悩んでんのか？」

突然、そう返してきた。

「会話が成り立ってないんだけど」

「いや、お前が俺にそんなことを聞くぐらいだから、きっとそりゃ自分や橋場のことに置き換えて考えるための材料なんだろうって思ってな」

図星だった。

橋場の最近についてもそうだけど、わたしの進路についてのこと、そして九路田の話をその参考にしようとしていたことまで、すべてお見通しだった。

「ヒヒッ、すまねえな。どうにもこういう言い方は一生直らなそうだ」

「いいわよ。わたしも底の浅いことを聞いたわ。さっきのは忘れて」

九路田はかすかに息をつくと、

「最近は……そうだな、人材を育成するための新しい方法を考えてる、ってとこだな」

わたしのためを思ってか、近況を話してくれた。

「プロデューサーとして、ってこと？」

「ああ。お前ならわかると思うんだが、クリエイターってのは報酬さえ渡せばそれでいいってわけでもなくてな。名と実のバランスが難しいところだ」

理解できる。というか、プロでさえもそのバランスに悩み、いい回答を出せてないように思うし、適当に済ませている会社やプロデューサーも多い。

そしてそのせいで、傷つき仕事ができなくなるクリエイターもいるのが事実だ。

「で、最近はクレジットをしっかりと出すように交渉することが多くてな。金を集めるより楽かって思ったら、これが意外と大変でな。まあ、メンツを気にする連中がいかに多いかってことで、勉強になったよ」

九路田ほど業界を知っている人間でも、まだしっかりと新しいことを学び取ろうとしている点に驚いた。

彼やわたしぐらいの年齢なら、どうしても若さ故の勢いで誤魔化(ごまか)してしまうこともあり得る。だけど九路田(くろだ)は、手がけるクリエイターの未来についても、しっかりと考えて行動していた。

すでに、わたしたちよりもずっと先のことを考えている。

「ヒヒッ、意外って顔をしてるな？」

図星だったので、一瞬言葉に窮してしまった。

「そうね、貴方(あなた)ならとうに通り過ぎたことだと思っていたから」

「俺だって別にロボットってわけじゃねえよ。普通に選択肢が出れば悩むし、間違った方を選んで後悔することもある」

意外と人間くさいことを言うんだ、と思った。

「そんなものなのね」

「ああ。特に今思ってるのは、志野(しの)を手放さなきゃよかった、ってことだ」

わたしの脳裏に、ピリッと電気が走ったように感じた。つい最近、橋場(はしば)から聞かれたことを思い出したからだ。

「あのまま、アニメの現場に連れて行った方がよかった、ってこと？」

「いや、いきなり過酷な現場に放り込むのはしなかったと思う。それよりかは、1点あたりの重みのあるイラスト仕事を増やして、自分の作風みたいなのを見つける方に誘導した

かったって思ってな」

九路田はコーヒーを一口飲むと、ゆっくりした仕草で腕を組んだ。

「橋場にも言ったんだが、志野はクリエイターとしてずば抜けているがゆえに脆い。だから、鉄火場みたいなとこにずっといると、いつか壊れる。そして元にはなかなか戻らないはずだってな」

そこまで見ていたのかと、素直に驚いた。

わたしも、シノアキが常人とは違うレベルにあるクリエイターであることは認識していた。だけど、それゆえに脆いというところまでは読み切れていなかった。せいぜい、他の子と違うから気をつけなきゃ、程度のことだった。

「まあ、橋場はそんなことぐらい理解してるだろうと思ってるがな。今、ラノベの仕事をいっしょにやってるんだって？」

「そうね、わたしはそのように聞いてるけど」

「ま、じゃあ俺が口を出すことじゃねーな」

九路田はそう言って、シノアキの話題を口にしなくなった。わたしは結局、自分がどう思うのかについては彼に答えられなかった。

シノアキは体調を崩して、橋場と共に福岡へ行っている。そのことは少し前に聞いたばかりのことだ。その責任が橋場にあるとは思わないいし、保護者じゃないんだから、気づいてあげられなかったと嘆くのも変よ、とは言った。

だけど、橋場のシノアキに対する思い入れは、ただの仕事のパートナーであるレベルを超えているように思う。こういう言い方をすると、すぐに恋愛感情がどうこうという話になるのだけど、あの2人にとっては、今のところそれはなさそうだ。

（むしろ、それよりずっと厄介そうなのよね、あの2人の場合）

橋場にしろシノアキにしろ、なまじ人に対してやさしいから、自分の弱い部分を隠してしまう傾向にある。橋場はまだマシになったけれど、シノアキは入学当初から今に至るまで、ずっと何かを隠したままだ。

互いに気遣う関係は、何かが爆発したときに壊れ方が酷くなる。

すぐれたクリエイターである2人だからこそ、なんとか水際でその爆発を止めたい。だけど、今はそのトリガーが何なのか、周囲の人間にはわからない。

九路田は友人関係である以前に、シノアキをクリエイターとして見ている。だから、シビアに物事を考えつつも、冷静な判断ができているように感じた。

橋場が彼女に対して、それができるのだろうか。

正直なところ、かなり難しいと思う。

ふう、とため息をついて、宙を見上げた。

年季の入った天井のシミが、どことなく悲しんでいる顔に見えた。

（詮ないことなのよね、わたしにとっては）

大切な友人を悲しませたくない。もし何かがあったとしても、最小限で済むように立ち回りたい。

橋場とシノアキがダメージを受けすぎないことを願うまでだ。

◆

ドライブは、糸島半島をぐるっと1周回ったところでおしまいになった。仁さんがお目当てにしていたカキの出るレストランは休業日だったので、代わりに何か珍しい物をと、福岡うどんを出すお店へと向かった。

よその人間にはあまり馴染みのない話だけど、実は福岡はラーメンよりもうどんをよく食べる人が多く、特に福岡うどんというジャンルは、人によってはとんこつラーメンよりもこだわる場合があるとのことだった。

「最初はびっくりするかもしれないけど、おいしいですよ」

料理人である仁さんが言うのだから、間違いないんだろうけど。

波多江の駅から、車で数分。２０２号という国道沿いに、瓦葺きでちょっと時代を感じる、和風のお店があった。

のれんをくぐり、店内に入って早々、

「巻のうどん、うれしかね～」

シノアキのテンションが上がるぐらいには、馴染みのお店らしかった。

「好きなの、この店？」

「うん、それこそ『うまかとよ』と同じぐらい、大阪に持って行きたいお店やね～」

なんでも、ここのうどんは本店ですべての麺を作っているらしく、車で届けられる範囲にしか支店を出せないとのことだった。

「ふわふわの麺でとってもおいしいんよ～。それにね、ここのおうどんには罠がしかけられとうけん、恭也くんも気をつけないかんよ……」

「罠って？」

なかなか、うどん業界では聞かないワードが出てきた。

話を聞いていた仁さんが笑いながら、

「福岡のうどんはやわらかいから、出汁をすぐに吸ってしまうんだよ。だから、食べずに放っておくと、どんどん麺が増えたように見えるんです」

「も～、お父さん先に言うたらいかんと～」

シノアキが不満そうに膨れている。なるほど、そういうことだったのか。

（まあじゃあ、早々に食べていかないとな）

4人で座敷の席に座ると、進められるがままにごぼう天うどんを注文した。福岡では、天ぷらうどんというとこのごぼう天がメジャーらしい。

「お待たせしました〜。ごぼう天4つですね」

程なくして出てきたうどんは、たしかに言われるように、フワフワで出汁をしっかりと吸い込みそうな風貌だった。

(讃岐の対極にありそうな麺だな……)

実際、コシ重視の讃岐うどん派とは、なかなか相容れないらしい。

どんなものなのかと、おそるおそる口にしてみると、

「……おいしい！」

なかなか得られない食感と味だった。

出汁はあごだしをメインに、魚介の味がしっかり引き出されたやさしい味で、それにフワフワ食感の麺がとてもよく合っていた。麺が何よりの主役というよりは、麺と出汁が一体となってやってくる感じが、これまで親しんでいたうどんとまるで違うものだった。

「おいしかね〜。これがどこにもなかとよ、ほんとに」

シノアキがしみじみとつぶやくのも、よくわかる内容だった。これは確かに、よその地方にはないものだ。

僕が初体験のうどんに感動していると、仁さんがふと思い出したように口を開いた。

「亜貴(あき)は、挿絵の仕事を始めたんだったな？」

僕の手が止まった。

どうしてこのタイミングで、と思った。

「そうやね、今は小説の中身の絵を描きようとよ」

一気に鼓動が速くなった。

シノアキは、自分の仕事を家族に隠しているわけじゃない。だけど、体調を崩して実家に戻ってきたこともまた、伝わっている。

親御さんの立場からすれば、今やっている仕事にその原因があると思うのは自然だし、それに対して控えろとか、やめろとまで言うのも理解できる。

もしかしたら、仕事のことで何かを言われるのだろうか。僕がいっしょにいるときに話をされたのも、何か意味があってのことだったのか。

固唾をのんで、仁さんの反応を待った。

しかし、

「そうか、大変だろうが身体(からだ)には気をつけるようにな」

仁さんは、特にシノアキをとがめることはなかった。

「うん、心配かけてしもたもんね」

一気に身体の緊張が解けた。正直どうなるかと思った。

シノアキが、家族のことをとても大切に思っているのはたしかだ。だから、ここでお父さんの理解を得られたのはよかった。

(このまま仕事を続けるにしても、きちんと対策をする必要はあるな)

そう考えつつ、改めて目の前のうどんに取りかかろうとした、まさにその瞬間だった。

初めて聞く声が、すぐ横から発せられた。

「――姉さんは」

びっくりした。

それまでずっと黙ったままだった優くんが、急に口を開いた。

「優くん、どうしたと?」

シノアキがやさしく問い返す。

優くんはジッと身動きもせず、黙ったままだった。箸もテーブルに置いて、両手は膝の上に置いて、少しの間、何かを考えるように下を向いたあと、シノアキの方を、まっすぐに見つめた。

「姉さんは、もう絵を……描かないんじゃなかったの?」

「……えっ」

思わず、シノアキの顔を見た。

いつもの笑顔がそこにはなかった。申し訳なさそうな、そして悲しげな顔を、優くんに向けているのがわかった。

僕はその表情に覚えがあった。

忘れるはずがない。悲しい、未来の記憶だ。

(もう絵はやめたんよって言ってた、あのときの顔だ)

どういうことなんだろう。シノアキはいつ、そんなことを。

黙ったままのシノアキに、優くんは、追い詰めるように言う。

「あんなに、もう描かないって言ってたのに……！」

明らかに、強い口調だった。シノアキを責めるような、どうして、と心から問いかけているような。

「姉さん……！」

返事を求めるように、優くんはまた、シノアキを呼んだ。

彼女は、表情を変えることがないまま、やがて、

「ごめんね、優くん。やっぱりわたし、描くのが楽しかったんよ」

「そんな……」

優くんはチラッと、僕の方を見た。その目は、少なくとも好意的なものではなかった。

吐き捨てるような口調で、続ける。

「芸大なんかに行くから、姉さんは……っ」

「優、やめなさい」

短く、落ち着いたものでありながらも、強い声が響いた。

仁さんの声だった。

「………っ」

優くんは声を詰まらせると、

「僕、歩いて帰るから、先に行ってて」

そう言い残して、店から静かに出て行ってしまった。残された3人は、無言のまま、目の前のうどんを見つめていた。

正直、気まずい空気の中、

「ほら、うどん食べてしまわないと、ここのうどんは無限に増えるけんね」

シノアキが空気を変えるように言って、それでやっと、僕も仁さんも残りのうどんに手を付けた。

（シノアキ……何があったんだ）

彼女の奥底に、そして過去に何があったのか、僕は思わぬ形でその一端を知ることになったのだった。

ナナコに愚痴を聞いてもらって、ちょっと気が楽になった。

でも当然ながら、それだけで俺のプロット作成能力が上がるはずもなかった。なんとか気合いを入れ直して書いた新しいプロットは、またしても見事に突っ返された。

（そう、上手くはいかねえか、やっぱり）

ありがたいことに、書き上げたライトノベルの1巻はかなりいい売上を記録し、2巻を出せるのはもちろん、少し強気に販促をかけていこう、ということになったらしい。

しかし、その肝心の2巻の執筆を前にして、俺はすっかり手が詰まってしまっていた。

「アイデアはいいと思います。シーンの作り方も大きな問題はありません。しかし、それらをつないで、ちょうどいいバランスに落とし込む部分がまったくできていません」

担当編集の藤原さんからは、ついにしびれを切らして電話が来るようになった。でも、絶対に正解は言ってくれなかった。ここでしっかりと作る工程を覚えないことには、これから先、苦労するとわかっているからだと思う。

（わかってるんだけどな、ベストな対応をしてもらってるのにな）

編集さんのその思いも、そして俺に足りない部分もわかっている。なのに、それができていないし、これからできるという見通しもない。

なんとかしなければ。その思いの先に、どうしてもあいつの顔が思い浮かぶ。

（恭也……お前なら、どうするんだ）

だけど、あいつにはもう頼れない。そこで甘えてしまったが最後、俺に待っているのはまたしてもあいつに依存する前の関係の再来だ。

だからそれだけは、できない。

「1巻のときはできていたんですけどね……何かありましたか？」

編集さんの言葉が胸に突き刺さる。当然、理由を言えるわけもない。

一応、信頼できる友人に読ませて、感想を聞くレベルのことには許可をもらっていたが、恭也のやっていることほど真剣に、ブレーンとしての参加までは話していなかった。

「もう少しだけ、粘ってみましょう。幸い、作り始めが早かったので、まだもう少しプロットに時間を取ることはできます」

「ありがとうございます」

「ただ、ここでこんなに時間をかけているようだと、長期で書いていくのは難しいと思ってください」

「……はい」

「大きく考え方を変えたり、視点を変えるなどしないと、次もまた同じ結果になってしまうと思います」

言っていることは納得しかなかった。礼を言って電話を切ると、一気に疲れが身体の上にのしかかってくるようだった。

ベッドの上に倒れ込み、顔を覆う。

「くっそ……やれると思ったのに」

自分の力で書き上げた応募原稿。それで賞をもらい、デビューとなった。

だが、俺が評価されたのは作品の完成度ではなく、アイデアや展開の斬新さや、荒削りの魅力からの、今後への期待という点だった。

それは編集さんからもハッキリ言われており、俺もまた、そこを直せばもっと評価されるし、自分でもおもしろいものを書けるとかえってやる気が出た。

しかし、文庫本にする改稿段階でつまずきが起こった。でもそのときは、そこまで大きなことじゃないからと、視点を増やす程度の意味で恭也を頼った。

恭也はすぐに動いてくれた。俺が持っていなくて、欲しいものをすぐに持って来てくれた。取捨選択をまかせられたことで、編集さんとのやり取りはスムーズになったし、俺としてもありがたい結果へとつながった。

ところが、今はこのザマだ。

恭也のアドバイスは「的確すぎた」のだ。あいつが便利に動いてくれたおかげで、あいつがいないと機能しない作品になってしまったのだ。

このままだと作家として半人前だし、これから先、ずっと恭也に頼り続けるわけにももちろんいかない。

ここが、自分のこれからを占うタイミングであり、変われるかどうかを試す場面でもあるのだ。

「どうにかしないと……な」

ナナコの言葉が正しければ、まだ俺は苦しみ足りないのだろう。悩んで考えて、次の一手を出すしか方法はないんだ。

自分のうめく声だけが、部屋の中に響いた。

◆

ドライブから帰宅すると、言っていた通り、優くんは先に家へ戻っていた。だけど自分の部屋へ戻ったきり、僕らの前へは姿を見せなかった。

「まだ気にしとるんかねえ」

シノアキが少し心配そうに、閉じられた部屋のドアを見つめる。

「すみませんね、橋場さん。優が失礼なことを」

改めて、仁さんが僕に謝った。

「いえ、とんでもないです。僕なんか……」

むしろ優くんの方が、悩んでしまわないか心配だった。

「やさしい子なんですが、難しい時期なんですよ」

苦笑して、彼のいるだろう部屋の方へと目を向ける仁さん。

父親として、思うところがあるのだろう。ひょっとしたら、シノアキに対する思いも、多少は同意する部分があったのかもしれない。

（単純に、シノアキの応援ができるような過去じゃないのかもな）

とてもじゃないけど、僕からは触れにくい部分だった。

「夕飯まで時間もありますし、少し部屋で休みますね」

仁さんはそう言って、自分の部屋へと戻っていった。

「あ、はい」

この場には、僕とシノアキだけが残されることとなった。

なんとなく、所在ない感じの空気が漂う。

（参ったな、何をするにしてもきっかけもないし）

お互いの部屋で夕飯まで時間を潰そうか、と言おうとしたとき、

「恭也くん」

シノアキの方から、声をかけられた。

「ちょっと、お話ししたいことがあるんよ」

「え……？」

おそらく、というか確実に、さっきの話の続きだろうと思った。

だとしたら、軽い話にはなりようもなかった。

「うん、いいよ。どこで聞こっか？」

言葉を返した僕に、彼女は、

「じゃ、お母さんの部屋、来てもらっていい？」

――やはり、大切な話をするようだった。

◇

シノアキの家は、4LDKの間取りだった。

1階はダイニングキッチンに、客間、そして2階には、1つの部屋を分ける形で優くんとシノアキの部屋、そして、仁さんの部屋があった。

つまり、もう1つが、お母さんの部屋ということになる。

（ということは、あそこなのかな）

１階の、僕が最初に間違えて入ろうとした部屋。鍵がかかっていて入れなかったけど、おそらくそこなんじゃないかと予想していた。

「こっちやよ」

予想は当たった。シノアキが案内してくれたのは、まさしく１階の突き当たりの部屋だった。ちょっと古めかしい、鉄の鍵を鍵穴に通すと、ガチャリという重い音と共に、ゆっくりとドアが開いた。

「使ってないから、ちょっとホコリっぽいかもしれんけど、ごめんね」

シノアキはそう言って、ドアノブを回した。

「わあ……」

その部屋は吹き抜けになっていた。狭くはあったけれど、上に突き抜けているせいもあって、圧迫感はなかった。

天井から降りてくる光に、たしかに言われたように、ホコリがキラキラと舞うのが見えた。だけど、思わず声が漏れたのは、部屋に置かれている物を見たからだった。

左右に高くそびえる本棚と、みっしりと詰まった画集や写真集、資料の山。人形、オブジェ、そして絵画がバランス良く飾られた壁面。陽光を美しく取り入れた窓。そして、様々な画材で埋め尽くされた、作業用の机。

そこはアトリエだった。シノアキのお母さんが使っていた、そのままの状態で残されているようで、今にも誰かが入ってきて、作品を描きそうな臨場感があった。

自然と、感嘆の声が出た。何かが好きで、それに打ち込んでいる人の部屋だとすぐにわかったし、何よりここには、彼女と同じ空気を感じた。

（シノアキが生まれたところだ）

土地、人、そして家と見てきて、この場所へたどり着いてようやく、僕はそのことを理解した。ここには、彼女が彼女である理由があるように思えた。

「お母さんは、ここでずーっと仕事をしよったとよ。朝、わたしやお父さん、優くんを送り出してから、夕方までの時間をここで過ごしとった」

シノアキはやさしい手つきで、母の使っていた机を、そして椅子をなでた。

彼女の母のことは、僕も詳しくは知らない。絵を描くことを生業にしていた、というぐらいのことしか聞いていなかった。

「話っていうのはね」

彼女は突然語り出した。

「恭也くんに謝らなきゃいかんことがあるんよ」

僕の方を見て、そして深々と頭を下げた。

「えっ、えっ……何なの、シノアキ」

「1個、嘘をついとったんよ。ごめんね」

シノアキの嘘……と言われても、僕には何のことかわからなかった。

「前に水族館に行ったやない？」

「うん、行ったね」

あのときに初めて、シノアキから家族の話をされた。

お母さんが絵を描く仕事をしていて、お父さんと弟がいて、そして何よりも、なぜ自分が絵が好きなのか、ということを。

あのときに彼女は、絵を描く理由として、お父さんと弟が喜ぶからという話をしていた。

芸大にも、それが理由で進学したと。

だけど。

『姉さんは、もう絵を……描かないんじゃなかったの？』

先程の優くんの言葉を思い出し、そして、繋がった気がした。

「あっ、もしかして……」

シノアキはうなずく。

「うん、そうなんよ。お父さんと弟が喜ぶからっていうの……嘘やったんよ」

そうか、それで優くんの反応に納得がいった。

彼はシノアキが絵を描くことを望んでいない。むしろ、やめて欲しいと思っている。

あの様子からすると、シノアキもその気持ちを知りつつ、もうやめるという話を、過去にしていたということだろうか。

「映像学科を受けたのもね、絵を描く学科じゃなかったからなんよ。そっちへ行ったら、間違いなく心配をかけてしまうから、って」

やっぱり、そうだったのか。

映像学科には、デッサンの試験はない。他学科の体験授業的なもので絵を描くことはあっても、基本的にアニメの世界へ本格的に進まなければ、授業などで絵を扱うことはないはずだった。

だけど、シノアキは絵を描いていた。誰から指示されるまでもなく、自らの選択で。

(彼氏が来たとかどうとか、そんな話じゃなかったんだな)

優くんに対する、底の浅い想像を恥じた。

「畑の違うとこやったら、楽しく別のことができるんかなって思ったけど……ちょっと違ったんやね。別のこともおもしろいし、絵もとてもおもしろかった。代わりには、なれんかったんよ」

ふふっ、と笑うシノアキの表情には、未来で見た彼女のさみしさや、大人っぽさが、含まれているように感じられた。

「お母さんはね、家のこともたくさんして、仕事も大好きでたくさんしとって、それで身体を壊して亡くなったとよ」

シノアキは愛おしそうに、作業机をなでた。

「絵が好きやったんよね。ずっと小さいときから絵を描いてて、それが仕事になったのがとても嬉しかったみたいで、それで、お父さんと結婚してからも、絵の仕事は続けとったんやけど、それで病気になっちゃった」

ひとつ息をついて、シノアキは天井を眺めた。

強い太陽光が、窓からずっと降り注いでいる。少し暑さを感じるぐらいだ。

ふと、このアトリエで過ごした時間が、あの『サンフラワー』の絵につながったのかな、と思った。

「わたしもお父さんも、お母さんがどれだけ絵が好きかわかっとったから、お母さんの病気にも、どこか納得できたところがあったんよ。でも……」

「弟さん、優くんはそうじゃなかったんだ」

シノアキは「うん」とうなずいた。

「お父さんのお給料だけでもちゃんと食べていけてたのに、どうして病気までして働くのって思ってたみたいなんよね。まだ小さかったのもあるけど、お母さんが病気になってもなお、絵を描き続けてたのが理解できなかったんよ」

その心情は、わからなくもなかった。

生活のため、自分たちのためともなれば、悲しいけれどまだ理解もできる。だけど、そうじゃなかったとしたら、家族よりも仕事を優先したかったのかなと思ってしまうのかもしれない。

ましてや、幼い頃だったらなおさらだ。

「わたしが中学校ぐらいのときかな。絵を描いてたら、うしろから弟が見てるのに気づいてね。それで、振り返ったら」

シノアキは、静かに目を伏せた。

「すごく悲しそうな顔しとってね……それが忘れられんとよ」

「そんなことが」

「だから、お父さんも弟も喜んでくれるってのは、わたしの嘘やったんよ。恭也くんにわざわざ来てもらったのも、これを言いたくてなんよ」

これまでに見た中でいちばん、さみしそうにほほえんで、

「ごめんね、嘘ついて」

「ううん、そんな」

答えようがなかった。彼女がどれだけ絵を好きで、そして家族も好きなのかは、そう多くないとはいえ、いっしょに過ごしてきて理解していたつもりだ。

だからその板挟みにあって、事実と異なることを言ったとしても、僕は責めようがなかったし、他人から責められるような嘘でもなかった。

ただ、彼女がとてもつらくなる、抱え込むには悲しい嘘だったということだ。

静かで暖かなアトリエの中、僕らはしばらく、黙ったままの時間を過ごした。とてもやさしい空間のはずなのに、心は段々と締め付けられるようだった。

「お母さんがおらんようになってからも、わたしはここによく来とったんよ」

「絵を描くときに、ってこと？」

シノアキは首を横に振ると、

「それもあるけど、ただここに来てジッとしとると、落ち着くんよ」

僕にはわからなかったけど、シノアキにとっては、単にさみしいといった感情ではなく、もっと深い物なのだろう。

「これからのことなんやけどね」

シノアキが口を開いた。

「ちょっと、絵との関わり方をどうしようかなって思っとるんよ」

「関わり方？」

「今まで、あまりにまっすぐに関わりすぎたからね。優くんのこともあるけど、ちょっと自分でも考えてみようかなって思ってて」

心臓がドクンと鳴るのがわかった。

僕が飛行機の中で思い悩んでいたことを、シノアキはもう先に考えていた。

「でもまだ、わたしの中でも決め切れんとよ。だから」

シノアキは僕の方をまっすぐに見て、

「ずっと、わたしの仕事を見てくれとる恭也くんに、意見を聞きたいなって思って。これから、どうしたらいいと思う？」

切っ先を、のど元に突きつけられた思いだった。

迷いに迷って、自分の中でも答えが出ていなかったことを、まさかここで、シノアキからストレートに聞かれるなんて。

しかも、彼女の独白や近しい親族の話を聞いたばかりだ。その決断には間違いなく作用するし、一歩が踏み出せなくなる。

（エゴを通すんじゃなかったのか、僕は）

少し前に問い直したばかりのことを、また自分へとぶつける。

だけど、本当にそれでいいのか。シノアキという得がたい才能を前にして、今の彼女の背中を押すのが、果たして正解なのだろうか。

「僕は――」

かすれた声で、そこまで言うのが精一杯だった。

「ごめん、もう少し、考えさせて」

思考の限界に至った上で、出てきたのは何も解決しない先延ばしの言葉だった。でも、ここで先を示す言葉を言うのは、どうやったって無理だった。

「うん、またどこかで聞かせてほしいな」

いつも通りの、シノアキの笑顔だった。

彼女は岐路に立っている。自分の過去をさらけ出し、弱い部分を見せた上で、これからどう生きていこうかと、僕に問いかけている。

それは彼女の未来でもあり、僕の未来でもある。

すでに通り過ぎた10年後の世界。またお前はあの悲しみを引き起こすのかと、どこかの遠い存在から、問いかけられているような気がしていた。

「じゃ、そろそろ戻ろうか。お父さんもご飯の準備すると思うし」

「あ、そうだね。お手伝いしなきゃ」

部屋から出るときに、僕はもう一度、シノアキのお母さんのアトリエを見た。

これだけ暖かで、やさしい空間のはずなのに、そのすべてがどこか、悲しげに泣いているような、そんな気がしてならなかった。

◆

「わ――っっっ!! ほ、本物のナナコ先輩だ〰〰〰!!」

「きゃあ!!　え、え、ちょっとあの、だ、大丈夫？　落ち着いて～っ!!」

「こ、こらっ！　はしゃぎすぎないようにしなさいって言ったでしょ!!」

大阪阿部野橋駅からほど近いところの、とあるオープンカフェ。おしゃれな雰囲気をかき消すような嬌声が、辺りに響き渡っていた。

「ごっ、ごめんなさいっ!!　タケナカ、あまりの嬉しさにちょっと感極まったというか、明らかにはしゃぎすぎておりました!!　大反省します!!」

ナナコに抱きついていた腕をパッと放して敬礼のポーズをとると、竹那珂はやっと自分の音声を普通のボリュームへと戻した。

「……今日、お客さん少なかったからまだよかったけど、普通にお店にも迷惑だからね。制作目指してるのなら気をつけないと」

「はいっ、ほんと面目ないです、次はしませんっ！」

まあ、この子こう見えてほんとに頭はいいから、言葉通り次はやらないだろうけど。

今日は、以前から竹那珂に頼まれていた、憧れの人との対面タイムの日だった。

なんのことはない、要はナナコに会わせて欲しいってだけの話なんだけど、彼女も今やそこそこに予定が詰まってきているので、橋場もいない日にこうやって妙なメンバー構成で立ち会うことになったわけで、

(ほんと橋場、こういうのをわたしに押しつけるの、上手いわね)

初期の斎川にしてもそうだけど、わたしを子守りとでも思ってるのだろうか。

「しかし、おもしろい子ね～。ニコ動の動画からっていうのならまだわかるけど、まさかあの同人ゲームがきっかけでファンになってくれるなんて、初めてのケースよ」

「いや～、タケナカ自分で言うのもなんですけど、趣味がだいぶ偏ってるんで！」

ま、普通はエッチシーン付きの同人をこんな感じの女子が見つけてきてプレイはしないわよね。

「でもそのおかげで、ナナコ先輩の歌をめっちゃ堪能できたんで最高にいい趣味だと思います！ あの、曲のこと、もっとたくさん聞いてもいいですか？」

「あ、え、うん、いいよ、あたしが答えられることなら……」

「やったー！ じゃじゃ、じゃあまずは作曲のことからですけど……！」

竹那珂はご丁寧にも、質問ノートみたいなのをカバンから取り出して、それを見ながらナナコに質問をぶつけていった。

「ナナコ先輩の曲って、普通の曲の作り方とは違ってメロディの展開が独特だな～って思ってたんですけど、昔からやってた音楽とかあるんですか？」

「そうね、あたしおばあちゃんから民謡を習ってたから、それで……」

竹那珂がすごいなと思うところは、ぼんやりした質問をするのではなく、自分の知識として必要になりそうな点を、しっかり具体化して聞いていくことだ。

　これはわたしに対して聞いてきたときにも感じてたことだけど、実際、本人に逆質問したところ、事前にしっかりと質問を練ってから来ていると話していて、正直舌を巻いた覚えがある。

（橋場の好きそうな人材よね）

　もっとも、橋場にしてみれば、自分の領域に踏み込んでくるかもしれない人材なわけで、むしろプレッシャーを感じているのかもしれないけど。

　ゆえに、最初に橋場へ引き合わせた人物こそが、策士だなって思う。

（また姉か……）

　いつもながら、そういう策略が好きな人だなあとあきれる。こうしている今もまた、何かしらの策を考えているに違いない。あの人はそういう人だ。

　しばらくして、竹那珂の質問タイムは終わったようだった。

「以上ですっ、ありがとうございました、ナナコ先輩！」

「いや〜……ほんとよく調べてるね。タケナカちゃんも昔音楽やってたんでしょ？」

「はいっ、でもまあ、トップは取れなそうなのでやめました！」

　こういうのをしれっと言えちゃうのも強いなと思う。

「そういや、橋場から何か連絡とかあった？　相変わらず福岡でのんびり旅行してるのかしら？」

聞くと、竹那珂はブンブンと首を横に振って、

「な――――んにもです！　最初にちょこっと連絡来て以降は、何もなしですっ」

「そっか、まあ普段通りの橋場ね」

合理主義というわけじゃないけど、橋場は余計なことを連絡してこない。そして腹の立つことに、「河瀬川もそういうタイプだよね」みたいなことを言うから、わたしからくだらない用事で連絡がしにくくなる。なんなの、あいつほんとに。

「まー、恭也はそういうの全然マメじゃないよね。いざ仕事となるとすごいんだけど」

「わ！　そういう話もぜひ聞きたいですっ！　やっぱりお仕事をすると、パイセンってスイッチ切り替わるんですか？」

「そりゃもう！　前にいっしょに音楽を作ってたときなんかはね……」

こうしてまた、ナナコと竹那珂は制作裏話に花を咲かせ始めた。

わたしはもう聞いた話だったので、適当に空でも眺めていた。いい天気だ。

（旅行でもしたら楽しいでしょうね）

シノアキと2人、楽しんでるんだろうな。うらやましいかって聞かれたら、うらやましいなって答えると思う。

でも、今回の旅行について言えば、シノアキが倒れた直後ということもあるし、そんなにのんきな旅行にはなり得ないように思う。

ご家族に理解をしてもらえているのか。あと、シノアキがもし何かを隠しているんだとしたら、それを語る機会になるかもしれない。

橋場とシノアキにとって、よき旅であればいいのだけれど。

「あの、タケナカやっぱり思うんです！」

竹那珂が急に、わたしたちに向けてキラキラした視線を送ってきた。

「これだけ超すごい人たちがそろってて、やっぱりタケナカは、オールスターで作った作品を見たいなって！」

ナナコは虚を衝かれ、戸惑ったような表情を見せた。

「え、うーん、まあいつかそういうこともあるのかも、ね」

さっきまでとは違う、歯切れの悪い言葉だった。

とてもわかる。あの現場を経験したら、すぐには「またやろう」ってならない。ましてや、今のナナコは自分の創作に打ち込んでいる。このタイミングで今、集団での創作をすることになったら、個人でやることの勘を失いかねない。

「河瀬川先輩はどうなんですか……！」

キラキラした目が、こちらへと向けられた。

でもわたしは、もうその問いについては答えを最初から用意していた。

「今はまだそのときじゃないわね」

拍子抜けしたような竹那珂の顔。

わたしはちょっとだけ笑うと、

「きっと、そのときが来れば橋場が言うわよ」

そう、みんな口には出さないけれど、今はそれぞれに力を溜める時期。

そして橋場はきっと、その先にあることを考えているはず。

だから、わたしからは何も言わない。あいつに聞かれたら、その答えを出すだけ。

「ちょっと、意外でした」

竹那珂は、ふむふむとうなずいている。

「どうして?」

「いやその、河瀬川先輩は、もっと自分でこういうのをやるよ!って引っ張る人なのかなって思ってました。それこそパイセンとは両輪なのかなって」

そうね、昔はそうだったんだけど、今は違う。

変わったな、と思う。

この2年で、自分の才能も思考も、すべてに天井や壁があることを知った。そこから先にあるものも、何もかも。

それに、わたしが見たいと思う景色は、わたしが切り開かなくてもよくなった。どこかの行動力お化けが、きっと先陣を切るだろうから、わたしはそこをサポートするのが、向いていると感じたから。

「ま、でも何かみんなで作りたいってのは、そうかもしれないわね、ナナコ」

「うん、何を作るのかはわからないけど、恭也がやろうとするものは、きっとおもしろいと思うし、それをやりたいかな～」

ナナコも、それには同意した。

「ですです、そうですよ！」

わたしたちの話を聞いて、竹那珂は大きくうなずいた。

「またあの超豪華なプラチナチームの作品、見たいです！」

それはまた大きく出たわね。まあ、ダイヤよりは語感的にマシだったけど。

「プラチナかあ……そうね」

シノアキとナナコ、そして貫之なら、そういう言葉も似合うかもしれない。

わたしは――まだ、クリエイターでいられるのかな。橋場に言ったら叱られそうなことだけど、ちょっと今はそのことに断言ができないでいた。

(時間を見つけて、相談かな)

さっき竹那珂が言った、トップを取れないからやめたという言葉。

思ったよりも、わたし自身に突き刺さっていた。

クリエイターは、どこかで自分の身の置き所を考えなくてはいけない人種だ。自分を信じて作ろう、っていうキラキラした言葉に惑わされると、死ぬまでその呪縛から離れられなくなる。

だけど、その見切りを付ける役目は、他人はまずもってやってくれない。ほとんどのクリエイターが、自分で自分を切るのだ。お前には才能がないからこれをやりなさいと、誰かが決めてくれるのはやさしい世界の話なのだ。

創作の神様は残酷だ。ときとして努力がまったく報われないのもこの世界だ。

長年コツコツと続けてきた人よりも、いきなりパッと飛び出してきた天才がすべてを持って行くこともあり得てしまう。経験と時間がものを言う職人の世界とはそこが違う。いや、職人の世界だって、5年かかることを1年で習得してしまう人間はやはりいる。才能というのは、悲しいけど間違いなくステータスに存在する。

わたしは、ある程度なんでもできることが売りだった。各パートへの理解があるからこそ、監督や演出に向いていると思っていた。

でも、実際はその程度の『知識』なんて、誰でも経験さえあれば身につくのだとわかった。発想と発想のかけ算を制し、ものづくりに落とし込む困難をサラッとやってのける超人だけが、この世界を制することができる。

わたしにも、それが理解できるときが来てしまった。いや、理解できてしまったから、もうこれ以上はないのだと思う。

（人間でいられることを、幸せに思う方がいいのかもね）

目の前で楽しくはしゃいでいる、ナナコや竹那珂を見て、シノアキへ思いを馳せながら、わたしは心の中で苦笑した。

◆

シノアキの実家にお邪魔して、3日目の朝。

この日、優くんは高校の出校日らしく、1人だけ早く朝食を食べ終えていた。

「……じゃ、いってきます」

「ああ、気をつけて」

仁さんに見送られて、優くんは自転車に乗って東の方へと出かけていった。彼の通っている高校は、ここから7キロほど先にあるらしい。

「ずっと、自転車通学なんですか？」

「ええ。雨の日も雪の日も、よくがんばって通ってますよ」

「へえ……」

僕なんかは、家から徒歩圏内に小中高すべてがあったタイプなので、長距離の通学というだけですごいなと思ってしまう。

（大学生になると、一気に時間の感覚が夜目線になるよなあ）

それにしたって、一限目の授業などは早いのだから、生活時間帯は高校生とそう変わらないはずなのだけど、やはり出席の重要度が低くなることで、かなり気が緩んでしまうように思う。

「じゃ、わたしももう少ししたら出てくるね」

シノアキも、今日は高校時代の友だちと会う約束をしていた。

なので僕は１人ここに残る形になるのだけれど、実はもうやることは決めてあった。

「本当にいいんですか、橋場くん。家の掃除の手伝いなんかさせてしまって」

そう、泊まらせてもらったせめてものお礼ということで、仁さんが今日やる予定だった家の掃除のお手伝いをすることにしたのだった。

「食事から何からぜんぶお世話になってて、足りないぐらいですよ」

実際、ここまでの食費もまったく払わせてもらってないし、何かしないことには僕が申し訳なさで死んでしまう。

だから、さっき朝食を囲んでいるときに掃除の話が出たときは、これしかないと思ってすぐに話をしたのだった。

「ごめんね、わたしも優くんもどっちも手伝えんとに、恭也くんにさせてしまって」

シノアキもすまなそうにしているけど、まあ僕が勝手に言い出したことだし。

「じゃ、お言葉に甘えて、ちょっと力仕事をお願いしてもいいですか?」

仁さんの提案に、僕も気持ちよく「はい」と答えた。

10時頃になってシノアキが出かけ、僕らは掃除を始めることにした。

志野(しの)家には大きな納戸があり、そこの片付けをしたかったらしく、仁さんと僕は軍手とマスクを装備して、その大物に取りかかった。

「便利だからって、置き場所に困ったものは何でも詰め込んでしまってましてね。前に一度、妻が亡くなったときに整理したんですが、それ以来ずっとほったらかしです」

ということは、10年近くは手つかずということか。

「わかりました。覚悟の上でお手伝いします」

「はは、ではその心意気でなにとぞ。じゃ、開けますよ」

仁さんはそう言って、木製の開き戸をゆっくり開け放った。

「わっ!」

途端、中のホコリが一気に舞い上がった。アトリエに積み重なっていたホコリもけっこうなものだったけど、ここはどうもレベルが違ったようだ。

「すみません、お客さんにこんなことさせて……」

仁さんは申し訳なさそうに頭をかいている。

シノアキから聞いたところによると、仁さんは本当になんでもできるスーパーマンで、スポーツもできるし勉強もできるし、もちろん料理は大の得意で、お母さん亡きあとは1人で家事をこなしていたような人だけど、唯一、掃除や整理整頓が苦手ということで、その辺は主にシノアキや優くんが担当しているとのことだった。

「どうも、物を捨てるのが苦手なんですよね……妻も亜貴も似たところはあるんですが、私は特にダメでして」

シノアキも、部屋を見る限りでは掃除はするけど片付けは苦手なタイプだ。それ以上となると、なかなか大変だなと思った。

「それで……あ、これはなかなか、時間がかかりそうですね」

ホコリの舞いが終わったあとで、改めて納戸の中を見た。

僕ら2人よりも背の高い棚が、左右と奥に置いてあって、そこにとにかくたくさんの物品が詰め込まれていた。

元々置かれるはずだった書籍などについては、折り重なって地面に山を作っていた。

つまりどういうことかというと、この棚の整理を行おうと思ったら、

「まず先に、この本の山をどうにかしないと、ってことですよね?」

僕の言葉に、仁さんは恐縮しきりといった様子で、

「そうなんです、ごめんなさいね」

ペコッと頭を下げたのだった。

「とにかくやっていきましょうか。手を動かさないことにはどうにもならないですし」

ひとまず、僕らはそれらの本をすべて納戸の外へと出した。こういうとき、中でグチャグチャいじるよりは、一度広いところに中身を出してしまって、それから改めて整理した方がいい。

仁さんの部屋が納戸から近かったので、まずはそこを開放してもらって、本やその他の平たい物を片っ端から置いていった。

「あの、すみません、腰には気をつけてくださいね」

未来の経験からそうアドバイスをすると、

「そ、そうですね、私も正直、腰には爆弾を抱えてますので」

ある程度の年を重ねた男性は誰しもが持っている腰の爆弾。仁さんもその例には漏れず、動かし方要注意のアレを持っているようだった。

なので、仁さんにはあまり物は持たせず、僕がひたすら運び込む役をやりつつ、部屋での分類の仕方を彼に伝えて、分担をできるようにしていた。

比較的スムーズに片付けが進み、仁さんが感嘆の声を上げた。

「すごいですね。橋場くんは、そういうお仕事でもされていたんですか？」

「ええ、専門書店の在庫整……あっ」

つい流れで、10年後の話をするところだった。

「専門書店、ですか？」

「ああのその、バイトですバイト。マニア向けの本なので、点数が多いから整理の仕方とか勉強になりまして」

仁さんは「そうなんですね」と納得してくれたものの、ちょっと危なかった。

実際、オタク向けのそういうショップでの店員をしていると、山のような在庫の整理をすることになるので、分類や整理はある程度上手くなる。

さっきからやっている、別の大きな場所に置いてから整理する、というのも、夏冬の委託シーズンで覚えたテクニックの1つだった。

（当時はつらかったけど、今にしてみればいい経験だったなあ）

人生に無駄なことなんて何ひとつない、だ。

「じゃあ、最後の山のとこをまとめて持って来ますね」

納戸のいちばん奥に置いてあった、厚手の紙やキャンバスといったものが重なっている塊を、よいしょと声をかけて一気に持ち上げた。

（なんだろう、シノアキや優くんの課題とかかな）

大きい割にはさして重くなかったそれらを、仁さんの部屋へと持ち込んだ。

「はい、これで最後です……あっ」

その塊を置いた瞬間、上にあった厚手の紙がパラリとめくれて、表向きになって床へと落ちた。

絵画だった。

水彩絵具で描かれたもので、抜けるような青空と、白い服を着た少女の対比が美しい、鮮やかな色彩と、広がりのある構図が印象に残る絵だった。

初めて見る絵だったけど、僕はその作風に、間違いなく覚えがあった。

「これは……亜貴(あき)さんの絵、ですか？」

僕の問いに、仁さんは笑って首を横に振った。

「そう、見えますか、やっぱり。でも違うんですよ」

「え、じゃあどなたの……あっ」

言いながら、僕は間抜けな質問をしたことに気づいた。

「想像された通りです、これはね、妻の描いた絵なんですよ」

「亜貴さんの、お母さんが……そうですか」

色使い、構図の作り方、そして何よりも人物の表情や、見た人を温かくさせる独特の作風は、そのままスライドしたと言ってもいいぐらい、近い物だった。

「この絵は、亜貴がちょうど物心ついた頃、自分も絵を描きたいと言い出した頃に描いた物だったかな。だから、あの子もきっと印象に残っているはずですよ」

「へえ……」

言われてから見てみると、この絵にはシノアキがすべて詰まっているように思えた。

「せっかくですし、他の絵も見てみますか？」

「はい、ぜひ」

答えると、仁さんは別の棚から、たくさんのスケッチブックやキャンバスを持って来てくれた。

油彩、アクリル画、鉛筆デッサン。ケント紙のような厚手の紙に描かれたものもあれば、扇や和紙、ガラスに描かれたものもあった。

様々な技法で描かれた絵の数々は、どれも凡庸な枠に収まっておらず、独自のタッチと空気感を大切にした、素晴らしい作品たちだった。

「地方の作家だったんですが、東京や大阪の方にも注目されましてね。広告のイラストや百貨店の包装紙なんかも手がけていたんですよ」

どのような絵でも描いてみせながら、常に高いクオリティと魅力を示す彼女の絵は、展覧会や画集を出す話も動き出していたとのことだった。

「上手く言えませんけど、すごく……好きです。やさしくて」

シノアキの絵を見たときの印象と、とても似ていた。

あえて違う部分を言うと、シノアキの絵に比べて、お母さんの絵は、やさしさと同時に強さも感じられる、そんな絵だった。

「やさしい、美しい絵でしょう。でも妻は——由貴は、文字通り命を削って、絵を描いていたんです」

穏やかな口調から、次第に淡々と語る口調へ。

仁さんの目は、シノアキが母親を語るときの目と、とてもよく似ていた。

「元々、あまり身体が強い方ではなかったんですが、仕事を始めるようになってからは、絶えず病気をするようになりましてね。ただ、私も由貴の絵にかける情熱を知っていましたから、強く戒めるようなことはしませんでした」

仁さんは、僕の手からさっきの空の絵を受け取ると、それをしみじみと眺めた。

「でも、ものを作るというのは、肉体的にも、精神的にも大きな力を使うものなのですね。それを私が知ったときには、もう由貴はこの世におりませんでした」

手に握られた絵は、くるくると丸められ、輪ゴムで封をされた。

「亜貴は、そんな母をずっと側で見ていました。不思議なことに、母を失ってさみしいはずなのに、あの子もまた、すぐに絵を描き始めたのです」

記憶が呼び起こされる。

初めて、シノアキを絵を描く人として認識したあの日の夜。一心不乱にペンを走らせ、この世には他に何もないとでもいうように、ただ目の前の絵を描き続けていた、あの日のシノアキが、仁さんの言葉と共によみがえってきた。

「あの姿を見ていれば、その先にどうなるのか、わかっているはずなんです。それでも、亜貴はずっと描き続け、結果、今は絵を描く仕事に就こうとしています」

「そう、ですね」

その一端を担った身として、つらい話だった。

しかし、聞かないわけにはいかなかった。

「私自身、亜貴を応援してやりたい気持ちもあるんですが、優の気持ちも、よくわかるんです。亜貴には絵を思い切り描いて欲しいと思う反面、母のようにはならないで欲しい、という気持ちもあるのです」

仁さんは、そこまで言って僕の方を見た。

「亜貴から、話を聞いています。橋場くんは、亜貴の仕事をサポートしてくださっているんですよね？」

「はい、そうです。お手伝いをさせていただいてます」

答えると、仁さんはスッと頭を下げた。

「こんなことをお願いするのも筋違いだと思うのですが、どうか亜貴のことを気にかけてあげてください」

「あ、あの、やめてください、そんな」

父親ぐらいの年齢の人に頭を下げられると、それだけであまりに申し訳ない思いになってしまう。

が、仁さんは頭を上げなかった。

「あの子は、絵に向かうと時間と体調を忘れてしまうところがあります。きっと、大学でもそうなのだと思うのです。だから、そうしたときに少しでいい、声をかけてあげてくださいませんか」

あまりに真摯で、切実なお願いだった。

シノアキは、集中すると我を忘れてしまうことはよくわかっていた。

倒れてしまうまでの間、よく身体がもったなと思うぐらい、彼女はすべてをなげうって絵を描いていた。

本音を言えば、シノアキに問われたときと同じく、考え中だと言いたかった。ここで結論を出せるようには思えなかった。

だけど、仁さんと優くんの気持ちを考えると、僕は、

「……はい、わかりました」

そう、答えるしかなかったのだった。

「すみません、こんなことを頼んでしまいまして」

顔を上げた仁さんは、やはりとてもさみしそうな表情をしていた。

◆

わたしと堀井くん、2人だけが知っている、長堀橋にあるモルトバー。ほぼ間違いなく知り合いがいないということから、ここはわたしたちの前線基地となっていた。

「乾杯」

あまり勢いはよくない、小さな音を立ててグラスが合わせられた。

「堀井くんどうしたの、元気ないじゃない」

やや疲れが見える元同級生に、そう声をかけると、

「そんなことないよ。加納さんこそ、僕以外の誰とも会わなくなってるみたいだけど、どうしたの。人間関係に疲れちゃった？」

きっちりお返しをされてしまった。

この学校で仕事をするようになって、学生時代の友人たちとは、逆に会わなくなった。大学というところは、学生の頃はお気楽でいいものの、実際に中に入るとしっかりとした組織の一員に徹しなければいけないこともままある。

　そういう立場で、かつての友人たちと会うのは、心のバランスをとりにくくなる。彼らは相当な自由人も多く、アナーキーな活動をしている奴も多い。中には、わたしに向けて露骨な反骨心を見せるのもいる。

「別に組織的なものの代表をしてるわけでもないのにね」

　濃いめの水割りの入ったグラスを鳴らして、ため息をつく。

「仕方ないよ。僕らの学年では君だけがある意味成功したわけだし、アーティストを仕事に昇華できなかった連中からすれば、疎ましく見えるんだよ」

「ハハッ、ここではしっかり孤立してるってのにね」

　肩をすくめると、目の前の古い友人も同じポーズをした。

「大学の助教授様が何を言ってるんだよ。っと、今は准教授になったんだっけ」

「教授を助ける役職じゃないからってね。どうでもいいんだけどね、そんな決め事」

　それでも、ここはまだ居心地は全然良い方だ。他の大学で働いている友人からは、エグい話なんかいくらでも出てくる。勢力争いの話を出す人もいるけれど、そんなの人が２人以上集まれば発生する話で、大学だけが特別なわけじゃない。

　そんな愚痴を、一般企業で働いている堀井くんにぶつけたところ、

「仰るとおりだよ。今、まさしくその辺で面倒なことが起き始めている」

「やっぱりありそうなのね、社長のあれ」

「ああ。これ、ちょっと読んでみて」

渡されたいくつかのレポートを、さっと黙読する。

2枚目にも至らないうちに、怒りと呆れ(あき)が沸々とこみ上げてきた。

「あの人、また誰か殺す気なの？　開発へこんな露骨に負担をかけたら、間違いなく誰かが犠牲になるわよ」

堀井(ほりい)くんも大きくうなずき、

「専務の一派が、別事業で成功したことが相当悔しかったんだろうね。でも今のソフトウエア事業の収益じゃ、ラインを増やす予算は確保できない。だから――」

「既存のラインの制作期間を圧縮すると共に、開発点数を増やす、か」

10年前のことなんか、もう忘れたとでも言うのだろうか、あの男は。

「とても康(こう)くんには見せられないよ、これは」

堀井くんがめずらしく、しかめっ面をして頭を抱えた。

「そうね、今度こそ本当に血を見るでしょうね」

あのとき見た、康くんの冷たい目。どうせあの父親のことだから、知りもしないんだろうけど。

でもわたしも堀井くんも、絶対に忘れることはないだろう。

「とにかく、だ」

　堀井くんは大きくため息をついた。

「今の状況で、開発部のラインを分けることは現実的じゃない。かと言って、新入社員や中途を取れるわけでもない。だから、『少年兵』を送り込むしか方法はない」

「それってまさか」

「うん、康くんには、もっと重要な位置についてもらうと思う」

　思わず天を仰いだ。

　現実的な話とは思えない。ゲーム業界初期や、美少女ゲームの黎明期じゃないんだから、アルバイトの人間を矢面に立たせて、まっとうな会社になるとでも思っているのか。

　きっと彼らは、抜擢だと喜んで懸命に仕事をするだろう。だけど、それで出た結果が良いにしろ悪いにしろ、会社は彼らの制作者としてのプライドや、何よりも肉体・精神面の保障などはしない。

　断じて言えるが、ほったらかしだ。

「だけど、そのままじゃ康くんのためにならないことはわかってる。だから、補佐役として橋場君を入れようと思って」

「それで、わたしに話をしたのね」

　うん、とうなずいて、掘井くんは申し訳なさそうに息をついた。

「説明はするんでしょうね？」

「もちろんだ。だからこうして、君には先に報告をした。でも、僕は橋場くんにとってチャンスだとも思っている。正社員登用も含めてね」

堀井くんは、そこで一気にグラスをあおった。

「康くんは孤独だ。僕らもあのときから、彼に距離を置かれている。だけど、橋場くんのことは信頼しているし、互いにリスペクトもある。彼が暴走しないように、橋場くんをストッパー役にしたいんだ」

今度は、わたしがため息をつく番だった。

「橋場は今、同級生たちのこれからについて悩んでいるわ」

「少し聞いたよ。程々にすべきなのか、地獄に送るべきなのか、だね？」

「ええ。でもあの子は……もう答えを出してると思う。いや、これまでのことを考えれば、選択肢なんて最初からないものだと思ってる」

そう、今の橋場なら、多少迷ったとしても、結論は1つのはずだ。

だけどその結論は、きっと康くんと……。

「……そうか、かえって康くんに絶望を与えることになりかねない、か」

堀井くんの言葉に、わたしは黙ってうなずいて、グラスを静かに掲げた。

グラスの中で光るお酒は、それなりに値段の張る物だ。だけど、おいしさで言うならば、学生の頃にみんなで騒いで飲んだ酒の方が、何倍もおいしかった。

肩を叩いて馬鹿話をして、酔った勢いのままに外を歩き回って、誰かの言ったことやしたことがツボに入って、死ぬんじゃないかってぐらい笑って、そのまま倒れ込むようにして眠って。そうして飲んだ安い焼酎が、どれだけおいしかったことか。

しがらみで重くなった口と、動きの鈍くなった身体を動かすために、ガソリンとして飲むお酒は、ひたすらに苦くて、胃の中で心をドロドロに溶かす。ならば飲まなければいいじゃないかと問われれば、これがなくちゃ始まらないとうそぶく。

わたしたちは、年をとるごとにお酒の楽しみ方が下手になっていく。

「クソみたいな大人になったわね、わたしたち」

「ああ。だからこそ、彼らをクソみたいな大人にさせない努力だけは、したいんだ」

堀井くんの言葉が、どんなアルコールよりも染みた。

クリエイティブって、何だろうね、橋場。

納戸の片付けは夕方には終わった。

それから1時間もしないうちに、シノアキと優くんが帰ってきて、僕らはまた4人で夕飯を食べることになった。

「昨日食べられなかったから、カキを使った料理にしましょうか」

仁さんがそう言ってくれて、シノアキも喜んでいた。

何もしないのも手持ち無沙汰なので、キッチンで下ごしらえなどを手伝いながら、僕はシノアキや優くんの様子を横目で見ていた。

シノアキは、特に変わらない様子だった。地元のローカル番組を見て、時折楽しそうに笑っているみたいだった。

だけど優くんは、いっしょにそれを見ていても、笑うことはなかった。いつもそんな感じなのかもしれないけど、昨日の言葉がまだ頭に残っていた。

(何か、思うところがあるんだろうなあ)

優くんがどんなことを言ってくるのか、少し不安だったけど、夕飯の席では昨日と同じくしゃべらないままで、平穏無事に食事は済んだ形となった。

とはいえ、僕としては内心、穏やかではないのはたしかだった。

(3人とも、いろんな思いを抱えているんだ)

みんながそれぞれのことを大切に思っているのに、考えていることがすれ違っている。

そんな中で、僕1人が何もできずに浮き足立っている。

覚悟も決められず、気遣う方に集中もできず。

(どうしたらいいんだろう、これから)

昨日に続いて、とてもおいしい夕食だったのに、食べ終わったらその味をほとんど覚えていないことに気づいた。頭の中が他のことでいっぱいで、食事を楽しむだけの余地が残されていなかったんだろう。

明日は昼までには新幹線に乗る。帰り道には、シノアキとこの前の話の続きをしようかと思っていた。

だけど、まだ僕の中で、結論を出しかねていた。湯船につかりながら、あれこれと考えつつも何の答えも出てこなかった。

（しょうがない、もう寝てしまおう）

優くんとはもう話せないだろうとあきらめつつ、風呂から出て、和室へと戻った。そうやってふすまを開けたところで、

「あれ……？」

時間と場所の書かれたメモが、布団の上に置いてあるのに気づいた。

シノアキの家から少し離れたところに、産宮神社という小さな地元の神社があった。

家に来る途中に見かけて、シノアキに話を振ったところ、地元の夏祭りや相撲大会なん

かが行われる場所で、地元の人間には馴染みのある場所とのことだった。

指定された時間に行ってみると、そこには予想通り、優くんが立っていた。

僕の姿を見ると、来たのか、というかすかな驚きがあるように思えた。

でも、そこから挨拶などに発展することもなく、相変わらず緊張感のある目で、僕を見ているだけだった。

「あの、それで……どういう？」

黙っているだけでもことは進まないので、ひとまず口を開いた。おそらく言われるだろうことはわかっていた。間違いなく、シノアキのことについてだ。

「姉さんのしてる絵の仕事、あなたが面倒を見てるって本当ですか？」

正確にはそうじゃないけれど、大枠では彼の言う通りだ。

「うん、そうだよ。スケジュールとか内容とか、そういった……」

細かい話をしようとしたところで、彼は急に口を挟んだ。

「やめてください」

「えっ？」

「そういうの、やめて欲しいんです。姉さんは……絵の仕事なんかしちゃいけない。するべきじゃないんです」

吐き捨てるように言って、優くんは僕をにらみつけた。

「あなたは、母さんのことを知っているんですか？　母さんは絵を描いて、それで身体を壊して死にました。姉さんも同じようにしたいんですか？」

急にまくしたてるように、優くんは言葉を重ねていった。あらかじめ聞いてはいたものの、急に投げつけられる厳しい言葉に、僕も狼狽していた。

「ちょっと待って、落ち着いて、優くん」

「落ち着いて話せるかよ！」

静かな境内に、彼の声が響き渡った。

思わず僕も口をつぐんで、辺りは一瞬、沈黙に包まれた。

互いに、驚いて見つめ合う状況になった。優くん自身も、こんなに大きな声を出すつもりではなかったのか、自分の言葉に戸惑っている様子だった。

「……ごめんなさい、大きな声出して。でも」

優くんは、グッと拳を握りしめて、必死に話を続けた。

「姉さんが芸大に行くって聞いて、何度も確認したんです。絵を描くんじゃないよね、映像を作る仕事をするために行くんだよね、って。でも、帰ってくる度に姉さんは絵の話ばかりして。母さんと同じだって思って。それで……」

若いだけに、感情にまかせて話をするのは仕方ないことだった。ましてや親族の死がかかわることだ。きっと無我夢中で、彼なりに行動した結果だったんだろう。

「こちらの話をしてもいいかな？」

優くんは小さく「はい」と答えた。

「僕は亜貴さんが絵を描くことをサポートしている。それは間違いない。そのことをとがめられるのだとしたら、弁解のしようがない」

無言で、彼はうなずいた。

「でも、絵を描くこと自体は彼女が選んだことだ。だから、もし君が、僕に亜貴さんを止めて欲しいって考えてるんだとしたら、それは無理なんだよ」

ずるい手だと思ったけど、僕は先手を打った。

おそらく、彼が僕に願うことは、そうなのかと思ったから。

だけど、彼は首を横に振ると、

「わかってます。それに、姉さんはそれで絵を描くのをやめないってことも、僕はわかってます。それで聞いてくれるなら、もうとっくに……」

言いづらそうに、優くんはうつむいて息を大きく吐いた。

そしてもう一度、僕の方を見ると、

「でも、あなたは、姉さんから信頼されてますし、姉さんの話にもよく出てくるし、絵のことについては、僕よりずっと言うことを聞いてくれると思うんです」

懸命な、そしてまっすぐな言葉だった。

「お願いです。やめろなんて言わないから、姉さんの身体（からだ）を気遣ってあげて欲しいんです。あなたの立場からそう言ってもらえるだけで、違うと思うので、だから……」

優くんは、「お願いします」という言葉と共に、深々と頭を下げた。

「そんな、僕なんか何もしてないのに」

言いながら、卑怯（ひきょう）極まりないと思った。

何もしてないどころか、シノアキの絵を褒めて、仕事に繋（つな）がることを企画して、九路田（くろだ）に紹介し、イラストレーターとしての道を進ませているのは、この「何もしてない」僕だ。何を恥ずかしげもなく、こんなことを言っているのだろう。

純粋に姉のことを気遣い、家族を思っている優くんの言葉と振る舞いは、僕の汚い心に響いた。あまりに僕とは違いすぎて、逃げ出したくなったぐらいだ。

そんな僕が、このせめてもの願いを、突っぱねられるわけがなかった。

「わかった。亜貴さんにはちゃんと言うから、頭を上げて、お願いだから」

「本当ですか……？」

頭を上げた優くんは、少し涙ぐんでいるようにも見えた。

卑怯な僕は、ただ「うん」とだけ言って、彼から顔を背けた。正直、まっすぐに彼の顔を見ることができなかったからだ。

小さな神社の境内には、住宅地の中とは異質な、ちょっとした森が広がっていた。

生い茂っている木々の、その葉の間から、星空と月が見え隠れしていた。この場所を優(ゆう)くんがなぜ選んだのかはわからないけれど、きっと彼もシノアキも、この境内で過ごした時間があったのだろう。

そんな仲の良い姉弟(きょうだい)が、僕が関わることによってこんな悲しい思いをすることになった。直接的なことではないとはいえ、その罪が消えることはないだろう。

きれいな月と、彼の言うお礼の言葉が、とても空(むな)しく僕の中に響いていた。

「もっとゆっくりできたらよかったんだけどね」

「ううん、仕事もあるし学校もあるし、また休みのときに戻るけん」

翌朝。僕らは少し早めに、シノアキの実家を出ることにした。

お土産を買ったり、大阪(おおさか)に着いてからも色々とやることもあったから、というのが表向きの理由だった。

本音を言えば、僕は少しばかり、この場にいるのがつらくなりかけていた。仁(じん)さんとの会話、そして優くんとの約束が、そこにあったのは言うまでもない。

「すみません、何から何までお世話になって。今度、奈良(なら)のおいしい物とか送りますね」

一応、最低限の礼儀として大阪のお土産は持参したのだけど、それじゃ釣り合わないぐらい、シノアキのご家族にはお世話になってしまった。

「いえいえ。あと橋場さん、その……」

仁さんは、来たときと同じやさしい顔のままで、

「亜貴をよろしくお願いします」

そう言って、僕にまた頭を下げた。

横では、優くんも同じポーズで頭を下げていた。

「……はい、わかりました」

同じように頭を下げる僕に、シノアキはクスクスと笑って、

「２人とも、どこかへわたしを送り出すみたいになっとるよ～」

そう言って、ほがらかに笑っていた。

駅までの道はそう遠くなかったので、帰り道は歩いていくことにした。ここが小学校の頃に通った道、ここがよく友だちと遊んだ空き地、みたいな説明をされながら、僕らは波多江駅へ向かって歩いて行った。

もう少しで駅に着く、という頃合いで、シノアキは不意にこう言った。

「恭也くん、昨日は優くんと何を話しとったと？」

思わず、言葉に詰まりそうになった。

「うん、シノアキのことをよろしくって」

細かいことまではさすがに言えなかったので、嘘にならない程度のことを告げた。

「……そっか」

シノアキは、僕の言葉に一言だけ返した。

ホームへと続く跨線橋を渡り、福岡空港行きの電車を待った。

時刻表に合わせて家を出たので、駅について程なくして電車がやってきた。ここからは一本で空港まで行く。

車内は人もまばらだった。ちょうど通勤の時間の少し後をねらったので、ゆったりと座ることができた。

隣同士に腰掛け、ふう、と息をついた。

電車がゆっくりと進み始めた。1駅過ぎ、2駅を過ぎ、今宿という駅を過ぎた辺りで、シノアキが口を開いた。

「恭也くん、付いてきてくれて、ありがとね」

僕は、ううん、そんなと返しながら、

「いいご家族だったね」

「うん……大好きなんよ、3人とも」

3人、という言葉に、頭の奥がピリッと音を立てた。

キラキラと光に満ちながら、どこか遠い世界のように感じた、あのアトリエが鮮明に思い出される。

「わたしね、なんでこんなに絵が好きなのか、絵を描くときにずーっと集中していられるのか、考えたことがあるんよ」

シノアキがポツリと話し始めた。

「ずっと、お母さんが絵を描いてるとこを見とったから、ああいう風になりたいって思ってたんよね」

彼女は、右手を開いたり閉じたりした。自分の手を見たかったのか、それとも、母の手を思い出そうとしていたのか。

「だから、わたしは絵を描くときはお母さんになりきってるんだと思う。もういなくなっちゃったけど、絵を描いてるときは、いっしょにいるんだなって」

ふふっ、と、笑い声とも呼吸ともつかない音が、シノアキの口からこぼれた。

「だから、優(ゆう)くんにも、お父さんにも悪いけど、わたしはやっぱり絵を描くことがやめられんかったんよ。勝手だなって思うけど、それがわたしだったから」

いつしか、シノアキをモンスターと例えたことがあった。

この子はすごい。人と違うものを作り、人と違うことをする。

だけど、そういう存在は、すごさの裏腹に脆(もろ)さを抱える。九路田(くろだ)が指摘したことであり、僕自身も、なんとなくは気づいていた。

福岡に来たことで、僕はついに、その脆さを知ることになった。

彼女はただ絵が好きなわけじゃない。欠損した家族のピースを、自分が絵を描くことで埋めようとしている。

しかし、その姿は、いちばん大切な人たちから、危うい物と映っている。

それが、悲しくて仕方がなかった。

「シノアキ」

僕はつぶやいた。

彼女に呼びかけたのでは、なかったと思う。

「言ってた通り、仕事、少しセーブしてみようか」

「恭也くん……」

シノアキは、少し驚いたような顔で、僕を見た。

「うん、工程にかける時間とか、量とか。無理をしない範囲にして、やっていることを仕事にしていこうよ。そうしたら……」

そうしたら、彼女は。

「ご家族にも、絵を仕事にしているって、ちゃんと示せると思うんだ、シノアキが」

「………」

シノアキは、黙ったままだった。

「これまでやってきたことと違うから、戸惑うかもしれない。でも、今回のことはいいきっかけになったと思うんだ。だから、ちょっとずつでいいから変えていこうよ」

思っていることを、彼女に伝えた。

このまま、彼女がモンスターとして生きていくのは、あまりに悲しい。

優くんの言葉を思い出した。

『やめろなんて言わないから、身体を気遣ってあげて欲しい』

そう、別に絵を描くことをやめろと言われたわけじゃないんだ。バランス良く、シノアキが余裕を持って仕事ができるようにすれば、いいことなんだ。

プロデューサーとして、見守る役として、それは当然のことだ。僕はその当然なことを、見失ってしまっていた。

今回の福岡への旅で、僕は何をしに来たのかを考えていたけれど、それがようやくわかったような気がする。

僕は託されに来たんだ。志野亜貴という存在を大切にするために、シノアキを変えていくことを、この旅で託されに来たんだ。

彼女が自ら母のアトリエを見せてくれたのも、きっとそのサインだったんだろうって。家族のこと、偽りだったことを僕に伝えてくれたのも、僕に助けを求めるためだったんじゃないかって、今は思っている。

彼女は、口を開いた。

「そっか……ありがとう」

こちらを向いた、シノアキの顔は。

「恭也くんの言ってくれたことやもん、わたし、やってみる」

いつものやさしげな笑顔だった。

「よし、じゃあ戻ったら、ひとまず残りの仕事の量をちゃんと把握しよう。それから、予定を組んで、作業時間を決めて……」

クリエイティブは、人と違うものを作り出すから、当然だけど無理が発生する。そこをくぐり抜けた者でないと、人に感動を与えられない。

その思いは今も抱いている。だけど、無理が続けば人は疲弊する。

今さらにして、茉平さんの言うことがわかったように思う。壊れてしまってからでは遅いんだ。だから、先に考えるのが僕の仕事なんだって。

空港へ行くまでの間、僕らはたくさん、話をした。そのほとんどが、僕の話だった。

すぐには無理かもしれないけど、シノアキのいちばんいい落としどころを作るために、僕の力をありったけ使おう。

電車が福岡空港駅に到着した。荷物を持って電車から降りて、僕はふと、乗ってきた電車を振り返った。

――これでいいんですよね、仁さん、優くん。

第3章

さわって、変わった

「おかえりなさーい！　乾杯！」

シェアハウスに帰ってきて早々、謎のおかえりなさい会が発生した。

帰る直前に貫之（つらゆき）に電話したところ、今日はナナコも家にいるから、軽くおかえりなさい会しようぜとは言われていたけど、

「……なんか、妙に豪華じゃないか、これ？」

机の上には、できあいの物とはいえ、けっこう豪勢な料理が並んでいた。

「いや、ナナコと話してたんだけどさ、俺ら最近仕事ばっかりで、こういうの全然やってないよなって話してて」

「そう！　じゃあ駅前で色々買ってこよってことになったんだけど、思ったよりノリノリで買っちゃってね～」

ついこないだ、貫之のラノベ刊行お祝いをしたばっかりじゃないか、と思ったけど、それは言わないでおいた。

（2人とも、それ以外の時間はずっとがんばってたもんな）

個人の創作活動は、どうやっても孤独になっていく。プロとして慣れているならともか

くとして、貫之もナナコも、今やっとその入口に立ったところだ。

ストレスの解消も兼ねているのだと思えば、これもまたアリかなと思う。

「それでそれで、向こうでは何してたの？」

ナナコがシノアキに聞くと、

「うん、恭也くんといっしょに近くを見て回ったりしてきたよ～」

「あの、お父さんと弟さんもいっしょにね！　ね！」

あわてて、そこは補足をしておいた。いっしょに、のあたりでナナコの目が、一瞬こちらをジッと見てきた気がした。

「それで、留守中は何か変わったことはなかった？」

この場で言えるわけもなかった。

現実には、そんな楽しげなイベントとはほど遠い内容だったんだけど、もちろんそれを
（ただでさえ、娘さんを僕にくださいシチュエーションだったもんな……）

逆にそう質問をしたところ、

「あった!!　ね、あのタケナカって子、すごくない？？」

ナナコが机を叩かんばかりに、勢いよく身を乗り出した。

「あ、そっか会ったんだね、河瀬川といっしょに」

本当は僕が紹介する予定だったけど、予定していた日に福岡行きが重なってしまったの

で、河瀬川に頼んだんだった。

「そう！　最初はなんか明るい子だな～って感じだったんだけど、話してみたらこの子どこまで知識あるのってぐらいになんでもよく知ってて、びっくりしちゃった」

「うん、ああいう子なんだよ。だからみんなにも会わせたいなって思ってね」

僕が彼女から刺激を受けたように、きっとみんなも同じような感情を抱いてくれると思っていた。

知識もあるし、情熱もあるし、クリエイティブの経験もある彼女は、ただのファンではない視点で僕らを見ている。それは、間違いなく糧になると思っていた。

ナナコの感想を聞いて、貫之もシノアキも、竹那珂さんに興味を持ったようだった。

「新入生でそういう奴がいるのか、すごいな」

「ねー。わたしも会うのが楽しみやね～」

……きっと、僕や河瀬川のときと同じく、盛大に喜びまくるんだろうなあ。今度はぜひ、その反応を間近で見たいなと思った。

「そうだシノアキ、体調はどうだ。あれからまた倒れたりしなかったか……？」

心配そうに問う貫之。

シノアキは笑顔でそれに応えて、

「うん、もう大丈夫やよ。これからのことも、恭也くんと相談したし」

「そっか、ならよかった。恭也が見てくれるなら安心だな」

貫之もうなずいて、笑った。

(安心にしなきゃ、なんだよな)

現状では、当然だけどシノアキの仕事計画は絵に描いた餅だ。現実にして初めて、よかったねと言えるものだ。

「ああ、そういや恭也に伝言があった」

「僕に？　誰からの？」

河瀬川か、もしくは竹那珂さんかなと思ったけど、2人とも普通にメールを現地でやり取りしたので、内容で思い当たることはなかった。

「斎川(さいかわ)だよ。あいつも今日誘ったんだけど、仕事が詰まってるらしくてな。でも、恭也と話したがってたから、あとで電話してやってくれ」

「あ、そうなんだ。了解」

斎川が？　何の用事だろう。

今、彼女は九路田(くろだ)の進めているプロジェクトに参加していて、こちらが聞くまでもなく忙しい日々を送っているはずだった。そのために、本当はいたかったシェアハウスを自ら出て行ったぐらいだから。

(何か、今の制作で気づいたことでもあったのかな)

そうなら、ぜひ聞いてみたいと思った。斎川のことだから、きっと新しい環境でいろんな物を自分のものにしているだろうし。

「よし、じゃあ話はそれぐらいにして食べようぜ、せっかく温めたのに冷めるぞ」

「そうやね、いただきま～す」

貫之がいいところで声をかけてくれて、それをきっかけにみんな箸を伸ばした。

「そういや、貫之はどう？　続刊の作業は進んでる？」

聞くと、貫之の箸が一瞬止まった。

「ん、ああ、やってるよ。また話をするかもだけど、頼むよ」

「そっか、了解」

このときは、僕はそれがただの状況報告でしかないと思っていた。もう少し後になって、貫之はずっと考えていたんだなと知ることになる。

◇

おかえりなさい会が終わって、後片付けをして、僕らはそれぞれの部屋に戻った。

「さてと、メールだけでも返していかなきゃ」

留守中も確認だけはしていたけれど、時間のかかりそうな内容については、また追って返信しますとだけ書いて返していたメールもあった。

それらをまとめて返していく作業を始めることにした。

「えっとまずは、シノアキの編集さんから、か」

シノアキの体調はどうか、仕事がすぐにできそうか、現実的な話をしなければいけない。

幸いにもシノアキは、すぐに動く分については問題なく対応が可能だった。

福岡(ふくおか)に行っている間のことを含め、話しても支障ないものを報告する。あまり過度に介入するのもいけないので、あくまで問われた範囲のことを簡潔に書いて、送った。

送信済みの画面を見て、フーッと息をついた。

「どうなるのかな、これから」

シノアキの今後については、福岡からの帰り道で話した通りだ。

仕事への関わり方から何から、もう一度整理して考えていこうということになった。

あまりに懸命すぎたこれまでのやり方から、計画的に仕事としてやっていけるようにシフトしていく。

言葉にすれば簡単だけど、彼女の作るものとの折り合いをどうつけるのか、これから大きな課題になりそうだ。

「あ、そうだ、伝言」

シノアキのことから、さっきの貫之から聞いた話を思い出した。

そういや斎川にも、シノアキの体調については先に伝えていた。倒れた件を話したとき、電話口で泣いてたぐらい心配していたからだ。

(すぐにかけた方がいいかな、これは)

その後のシノアキについても、話をした方がいいだろう。

そう思ってコールすると、ほぼノータイムで斎川が出た。

「もしもし!! あ、橋場さんですね! おかえりなさい!! あの、あの、アキさんはご無事でしたか??」

苦笑するぐらい、一気にまくしたてたかと思ったら、すぐにシノアキの話になった。

「安心して、もう大丈夫だよ。さっきも元気にごはん食べてたから」

答えると、電話の向こうから、「よかった〰〰!」と安堵の声が響いてきた。

「わたし、もうずっと気が気じゃなくて。でもこのタイミングで九州に行くわけにもいかないし、でもよかったです、よかった……」

シノアキのことを、本当に心配していたんだな。こういうところは、斎川はまったく変わってないなとつくづく思った。

「それで、伝言を聞いたんだけど、僕に話があったの?」

話題を変えたところ、こちらも飛び上がらんばかりに勢いよく、

「そうでしたっ! あの、ちょっと橋場さんに見て欲しいものがあって!! 今からすぐ

メールで送るんで、電話そのままでいいですか？」

僕が答える前に、もうメールが送られてきた。

「ダウンロードのＵＲＬがあるけど、これ落として開けばいい？」

「はい！　それ開いて、お話をしたいんです」

言われるがままにファイルを落として、レタッチソフトで開いた。画像ファイルで、５点ほど入っていた。

容量が重かったこともあって、開くのに少し時間がかかった。

そして開き終わったファイルを見て、僕は、

「えっ……」

思わず、絶句してしまった。

入っていたのは、すべてイラストだった。背景のあるもの、人物のみのもの、彩色がされていないもの、それぞれに性質の違う物が含まれていた。

問題はそのクオリティだった。

明らかに２００８年段階の技術ではない、数年先の未来の絵がそこにはあった。

イラストには、デッサンや配色、陰影の付け方などの基本的な技術の領域に加え、その時代ごとを象徴する、人目を引くためのテクニックがある。

たとえば、目。かつては瞳孔をリアルに描いていたところから始まり、やがてそこに色

が入るようになり、エフェクトで極彩色の星がちりばめられるようになっていった。

僕が記憶しているこの時代は、まだ目の中にしっかりしたエフェクトが入ったイラストはなかったはずだ。しかし、彼女の描く絵はその演出を取り入れつつも、ハイライトの入れ方などで独自の進化を示していた。

構図の良さ、全体のバランスは言うまでもなく、ここまでクオリティが上がると、もう残るは作家性に関する部分のみなのではと思えるほどだった。

「九路田(くろだ)先輩の話を聞きながら、次はどういう絵にしていこうかって話になりまして、こういうのはどうかなって出してみたんです。そしたら、橋場(はしば)にもみてもらうといって九路田先輩が言うんで送ってみたんですけど、どうですか……？」

どうですかも何も、これは……。

(現時点で言うなら、技術レベルだとシノアキを超えている)

シノアキの描く絵も、2008年の水準で考えれば、相当なものであるのは間違いない。だけど、それはあくまでもアマチュアとプロの境目での話であって、プロの上位クラスを見れば、当然のようにシノアキ以上の画力を持つ人はたくさんいる。

だけど、今のこの斎川(さいかわ)の絵ならば、一気にそのトップ層へ食い込める可能性がある。

(九路田が、僕に見せようと言ったわけだ)

相当な自信があったんだろう。あいつなりの、僕への挑戦状というわけだ。

「すごくいいね。これは、斎川にしか描けない絵だと思う。驚いたよ」

素直に感想を言うと、

「ほんとですか!!　ありがとうございます、橋場さんにそう言ってもらえたなら、もう全然安心ですね！　九路田先輩も褒めてくれたんですけど、なんかあの感じだから、いいんじゃないか、ぐらいしか言わなくて」

あいつが成長段階にある作家に「いいんじゃないか」なんて言うのが、そもそもすごいことなんだよな。

（もしかすると、これはこれで恐ろしいことかもしれない）

シノアキへの刺激とすることを考えて、僕は斎川にコンタクトを取り、シノアキへ影響を与えるようにしたつもりだった。だけどそれは当然一方的なものではなく、斎川もまた、シノアキから影響を受けて成長をしていく。

いつまでもシノアキの後塵を拝しているはずだなんて、それこそ僕の驕りであり、斎川の伸びしろを見誤っていたとしか言えなかった。

「そうだ、アキさん、今ちょうどラノベのイラストやってるとこなんですよね？　１巻のカバーイラストすごくよかったんで、次が楽しみです！」

喉の奥で、言葉が詰まって出てこなかった。

これを見せられて、僕はどう答えろというんだろう。

でも、もう方針は決まった。今日決めたばかりだ。

「あのさ、斎川(さいかわ)」

「はいっ」

「シノアキなんだけど、体調のこともあるし、ちょっと仕事についてはペースを落とそうと思ってるんだ。その……また倒れたりしたらいけないから」

電話の向こう。

息を呑(の)む音だけが、かすかに聞こえた。

それが何を示していたのかは、わからなかったけれど。

「あ、えーっと、橋場(はしば)さん」

少しの間ののち、斎川から口を開いて、

「今度、わたしの方からアキさんに連絡をとりたいんですけど、いいですよね？」

もちろん、僕が断る理由も権利もない話だ。

「うん、してあげてよ、きっとシノアキも喜ぶと思うよ」

そう言うと、斎川は元気よく「はーい！」と答えて電話を切った。

僕は通話の切れたあとの携帯を見つめながら、深く息をついた。

「斎川、すごくなってたな」

九路田(くろだ)の指導がよかったのか、それとも斎川の実力なのかはわからないけど、彼女は間違いなく、一段上に抜けたクリエイターになりつつあった。

そもそも、彼女はそうなる素地はあった。10年後の未来、シノアキが絵をやめた世界において、彼女はトップに君臨するイラストレーターだった。

しかも、あのときに見た彼女の絵に比べて、今の斎川美乃梨(みのり)の絵は、さらにまた別の世界へと進もうとしていた。末恐ろしい、そんな言葉が似合う才能だった。

「刺激になればなんて、軽くは言えない……よな」

今のシノアキが斎川の絵を見て、どう思うか。

さっきもらったばかりの彼女のイラストを、シノアキに送るべきなのか。

「きっと、シノアキも喜ぶはず——」

しかし、転送ボタンを押す一歩手前で、僕は躊躇(ちゆうちよ)してしまった。

シノアキが乗っているときなら、迷うことはなかった。だけど今、彼女は少し足踏みをするという判断をした直後だ。

今は、まだやめておこう。せっかく斎川ががんばった結果なのに、シノアキにとってダメージになりかねない。

メールを閉じて、僕は再び、連絡周りの作業へ戻ることにした。

(いつか、機を見てシノアキに見せてみよう)

それがいつになるかは、今のところわからなかった。

◇

翌日、サクシードソフトでのバイトも再開した。

出勤時間の少し前に到着すると、僕はまっすぐに茉平さんのところへ向かった。

「すみません、急なお休みをいただいてすみませんでした」

頭を下げると、茉平さんはにっこりと笑って、

「おかえり、気にしないでいいからね。仕事なんかよりずっと大切なことなんだから」

そう言ってくれた。

（ありがたいな、本当に）

将来、僕が上司という立場になったら、こういう対応ができるようになりたいなと、心から思った。

「それで、志野さんだっけ？　体調はもう大丈夫なの？」

「はい、おかげさまで。もう仕事にも復帰するみたいです」

言うと、茉平さんは少し怪訝そうな顔で、

「そうか、病み上がりだし無理をしないといいけどね。本当はもう少し休んだ方がいいと思うんだけど」

「大丈夫です、僕とも相談して、仕事の仕方をセーブしようって話をしたので」

シノアキと話し合ったことを伝えると、茉平さんも納得したようだった。

「それなら安心だね。橋場くんも気をつけて見てあげてね。僕が言うことでもないんだろうけど」

「いえ、ありがとうございます。そうします」

昨日の斎川とのやり取りで少し不安になったけど、やっぱり今はこれでいいんだ。様子を見てからでも遅くはない。

シノアキにはシノアキのやり方がある。それに彼女だって、僕の提案に賛成してくれたんだし、ここでいいプランを提示できるかどうかが僕の腕の見せ所だ。

茉平さんは、そこで「あっ」と何かを思い出したような声を上げると、

「だけど、彼女のことについては、ちゃんと面倒見てあげてね」

「彼女、って？　シノアキじゃな……」

答えながら、ふと茉平さんの背後を見ると、

「ぐるるるるるる……」

アニメみたいなうなり声を上げる、新入生女子の姿があった。

かわいらしい顔を懸命に怒りの表情に変え、僕を威嚇しようとしている。恐くはないけど、なんとかしてやらなきゃ、という様子だ。

「……はい、すぐになだめますね」

「よろしくね。留守中、すごいことになってたんだから」

茉平さんは、そう言って愉快そうに笑った。

「もーっっ!!! パイセン帰ってくるのどんだけタケナカが一日千秋の思いで待ってたと思うんすか！　ぜんっぜん戻ってこないから、もう福岡で永住するのかって泣きそうになってましたよ!!」

「そんなわけないでしょ、はいこれお土産の明太パイ」

メールしたときに欲しいと言っていたお菓子を渡すと、

「ぐっ……こ、こんなものにタケナカが釣られると思ったら大正解ですよ……ありがとうございました!!　早速、今日の夜お茶請けにします！」

まるで裏金を隠し持つように、リュックへとサササッとしまいこんだ。

（なんか落ち着くな、この子と話してると）

この子もものすごい才能には違いないんだけど、なんというか、ポメラニアンを相手にしているような楽しさを感じる。

サクシードソフトの休憩室は、その日は人も少なく、こうやって僕らが話していてもとがめられることはなかった。

いいタイミングだし、ちょっと確認しておこう。

「それで、いない間ってどういうことがあったの？」

茉平さんから概要は聞いたものの、念のために竹那珂さんが感じたことも聞いておこうと思った。

「うーん、ほら、さっき茉平さんから、ミニゲームをパイセンが主導で作るって話があったじゃないですか」

「あったね。あくまで社員さんのサポートって形だけど」

開発部の社員さんがプランナーとなり、それに僕らがぶら下がるような形で、バイトのとりまとめを僕がする、みたいな話だった。

「あれ、どうもちょっと話が違うっぽいんですよ。それで茉平さん、堀井部長と遅くまでお話ししてて……」

「え、そうなの？」

「はい。なんでも社員さんは別の案件を動かしてるからミニゲームに割くリソースがないとかで、実質、パイセンが仕切る形になりそうです」

「そんなことが……」

竹那珂さんはこういうときに変な嘘や脚色をするような人間ではない。おそらく、今聞いたことはほぼそのままあったことなのだろう。

「だけど、僕はただのバイトだぞ。そりゃ同人もやってるから、完全な素人より多少はマシかもしれないけど」

あれだって、プロに堂々と見せられるかと言われれば、ちょっと3ヶ月ぐらい手直しをしていいですかって言いたくなってしまう。

要は、そんなキャリアのバイトに、おまけパートとはいえ、プロの現場をまかせていいのか、ということだ。

「でも、これってパイセン、めっちゃチャンスじゃないですか？」

「えっ？　チャンスって」

何のことかと思ったら、竹那珂さんは一気にまくし立てだした。

「パイセンたちのゲームを作っちゃいましょうよ！　あのキレッキレのみなさんで、プロのゲームを作る絶好のチャンスじゃないですか！　鹿苑寺先輩がシナリオで、シノアキ先輩がイラストで、ナナコ先輩が音楽で、それで話題になったら、一気にプロデビューになりますよ！」

びっくりした。ついに、ここでそれが来たのかと思った。

サクシードソフト、プラチナの3人、新作のゲーム。

灰色の10年後に企画されていた、僕から最も遠い場所にあったゲーム。

それが、僕の目の前に、手の届くところにある。

「それは……うん」

「ね、ね、いいでしょ、やりましょうよ、パイセン！」

でも僕は、はっきりと言った。

「いや、この企画では、まだみんなを呼ぶことはしないよ」

竹那珂さんは、一瞬ポカンとした顔をした後、一気に、

「なななななんでですか、めっちゃいい機会じゃないですか、だってほら、堀井部長だって橋場さんにまかせようってなった理由として、いろんな若い作家とのコネクションと信頼があるからっていうのも仰ってたんですよ！」

「そうか、それは純粋にありがたいな。けど」

「けど、なんですか……？」

「当然のことだけど、仕事は私物化していいものじゃない。何より、僕はそんな立場を悪い意味で利用するようなことはしたくないしね」

堀井さんだって、僕がそういうことをしないという信頼があってこそ、さっきのような言葉をかけてくれたんだと思うし。

僕がそう言うと、竹那珂さんはウッと息を詰まらせて、

「た、たしかにタケナカの考えが浅はかでしたっ……！　ゲームはなんたって商品なんですから、そういう作り手のエゴが入っちゃダメですよね!!」

「さすがだね、わかってくれたらいいよ」

僕はうなずいた。

そりゃ、内心では彼らを使って商業ゲームを作りたい。それが僕の最終目標と言ってもいいし、そのためにここまで頑張ってきたとさえ言える。

でも、この中途半端な時期に、もし仮に彼らを推薦して採用された場合、うまく環境を作ることができずに商業ゲームに失望させてしまったり、あるいは作品に対して素直に喜べない状況を生んでしまうかもしれない。

(それだけは……いやだ)

これまで何度も、僕はそんな経験をしてきた。何か別の目的のために彼らを振り回したこともあったし、変則的な手を使って作品を作ったこともあった。振り返れば、それらもまた勉強になったと言えるけれど、ふまえて次を作るからには、もう同じようなことは繰り返したくない。いや、繰り返してはいけない。

だから、今はしっかりと自力を付けるときだ。

「そうなれるように頑張るよ。そのときが来たら、自信を持って動けるようにね」

僕は独りごちるように、そう言った。

まだ今は何もかもが足りない。勉強も経験も、何においてもだ。

「だから……うわっ、ちょ、なにっ？」

話を途中でさえぎるようにして、竹那珂さんが僕にグイッと迫ってきた。

「あ、あの、えっと？」

そして、ウンウンとおもちゃみたいな動きで何回もうなずくと、

「すみませんっした!!」

「……はい？」

机に擦りつけるぐらいの勢いで頭を下げると、すぐさま、心底嬉しそうな顔をこちらへ向けた。

「さすがはパイセンです!!　しょせんわたしの浅知恵でしかなかったっす！　そうですよね、みなさんの才能を輝かせるには、もっともーっといい状況でないと、マジもったいないですもんね！」

「う、うん」

圧倒されてしまった僕にかまわず、竹那珂さんは続ける。

「了解っす！　じゃあタケナカ、みなさんの参加される作品のためにも、パイセンが作るミニゲーム、マジ馬車馬10万頭ぐらいのチカラになりますんで、いいもん作って次は単体の企画ぶんどりましょうね!!」

「……そうだね」

この子はやっぱりすごいな。というか、僕が少しネガティブになったときに、竹那珂さんの力で解決する日が、来るかもしれないとさえ思った。

「じゃあそのときはよろしくね、竹那珂さん」

「やったー！　マジっすよ、そのときはどんな役でもいいですから、スタッフで呼んでくださいよ、タケナカ、お色気担当以外ならなんでもできますから！」

最後にいらんことを言いながら、竹那珂さんは笑顔でポーズを決めた。

（しかし、そうなるとして、ミニゲームのことを考えなきゃな……）

しっかりと楽しんでもらえるような作品にするため、スタッフ編成をどうするのか。

これまでの経験を見せるいい機会だ。ここはしっかりがんばっていこう。

◆

「すまない、突然で」

珍しい相手から電話がかかってきた。

たぶん、すごく前に何かの用件で番号を教えたきり、一度もかかってきたことはなかったと思う。お互い、橋場を通じればすぐに話はできるし、これまでならば大学の授業でもよく顔を合わせていたから、特に電話をする必要もなかったからだ。

だけど今は、授業で顔を合わせることも減ったし、向こうはもうプロとしての活動を本格化させていたから、わたしとも時間が合わなくなるのは理解していた。

なので電話がかかってきたのだろうけど、肝心の部分は疑問が先にきていた。

「どういう用件なの？　あなたがわたしになんて」

電話の向こうで、苦笑が漏れたのがわかった。

「河瀬川らしいよ。いきなりそこから入るんだなって」

「別に世間話から入ってもいいけど、そういうタイプでもないでしょ、貫之って」

そう、相手は鹿苑寺貫之だった。

「理由は至極簡単だよ。相談したいことがあってな。それで電話をした」

「相談？　それはあなたがしている仕事について？」

ああ、と電話口から返事がなされた。

「この領域については誰の答えも求めていないはずだったんだが……そんなことも言ってられなくなった」

口調にいささかの緊張と焦りが感じられた。本気なのだろう。

「でも、その手の話だったら、絶対に相談に向いている相手がいるでしょう、だから」

そっちにかけるべきでは、と続けようとした言葉を、途中でさえぎられた。

「そいつにかけられないんだよ、だからお前にかけたんだ」

「……なるほどね」

なんとなくではあるけれど、貫之（つらゆき）の行動の理由について少しずつ把握してきた。

「客観的に、しかもあなたの職種について、たいした理解のできていない人間からの返答よ。それでもいいなら」

答えると、すぐに返答があった。

「むしろそれが欲しいんだ。助かるよ」

こうして、貫之からの電話相談が始まったのだった。

◆

河瀬川（かわせがわ）に相談する前に、自分の最近あったことを思い返していた。

シェアハウスにある仕事場には、大きなデジタル式のタイマーが置いてある。

これを定期的に鳴らすことで、無駄に時間を浪費しないようにしようという工夫だ。

しかし、乗って作業をしているときはいいとして、そうじゃないときだと、このタイマーは地獄を何度も見せてくれるものになる。

そして今がまさに、そのときだった。

「くっそ、もう1時間経ちやがったか」

荒々しく、ピピピと鳴り続けるタイマーを止める。携帯電話の時計を確認すると、10時を少し過ぎたところだった。

「はぁ、何て言えばいいんだ、こんなの」

うなだれているところへ、携帯に着信があった。画面を見るまでもなく、誰からかはわかっていた。

「お疲れ様です、学央館の藤原です」

冷静な声に、こちらもできるだけ平静を装った声で応える。

「お疲れ様です……すみません、まだできていません」

「そうですか。いつぐらいまで時間をとればいいですか?」

またしても冷静な声だった。

俺の担当編集の藤原さんは、書き上がっていないとか内容がおかしいということについて、詰めたり強い言葉で脅すようなことはしない人だった。

だけど、それだけに冷静な一言がめちゃくちゃ効いた。なんとかしなければ、という思いは常にあったし、俺もできるだけの努力をしようと思っていた。

でも、今はそれに応えられていなかった。2巻のプロット作業が、今なおまだ終わっていなかったからだ。

「明日……いや、今週末まで待ってください。さすがにそこで出せるようにします」

正直、それすらも約束できるのか不安だったが、リミットをとうに過ぎた今、これでも危険水域のスケジュールなのは承知していた。

「わかりました。でもこれが本当のデッドラインになりますから、絶対に守るようにしてください」

「はい、すみません」

藤原さんからは、細かい提出時間の確認と、ＯＫが出た際の執筆期間がかなり狭まることなどを説明された。

正直、書き始めたらこっちのものだと思っていた。俺がいつも手こずるのはプロットで、本文を書くのはそこまで負担ではなかったからだ。１巻のときは本文も苦戦していたが、それについてはもう解決策を自分で見つけていた。

（でも、そこがまだどうしようもねえ……）

先のことを考えれば、そろそろ解決させておかなければいけない問題だった。

「川越さん、ちょっとお話をさせてもらっていいですか？」

「え？　はい、なんでしょうか」

急に、話を振られて驚いた。

藤原さんは、打ち合わせ以外では無駄な話をしない。俺もその方がありがたいと思っているからそれで別にかまわない。

だが、こうやって話を振られるときは、何かよほどのことがあったときに限られる。つまりは今が、その非常事態なのだという証明でもあった。

「プロットでかなり苦戦されていますが、不思議に思うことがありまして」

「……はい」

「1巻のときは、比較的まとめる力があると思っていたのですが、2巻になって急にそれがなくなりました。理由があるのでしたら、教えて頂きたいのですが」

背筋に冷たいものが走った。

恭也(きょうや)がいたことを、完全に見抜かれていた。

「すみません、友人に見てもらって、アドバイスをもらってました……今回はそれをまだしていないので、その差です」

変にごまかしても何にもならないので、正直に答えた。

「そうでしたか……予想通りではありました」

やはり、理由も読まれていたのか。

「でも、2巻からはそれじゃいけないって思って、自分1人でできるようにと思って、今やっているところです。なんとかやれるようにがんばりますので……っ」

そこが問題点であることは、自分でも認識していた。

だからこそ、恭也に頼らない形を俺は作ろうとしていたのだから。

「誤解のないようにしたいのですが、ブレーンを付けることについては、私も否定するつもりはまったくありません。現に、共同で執筆されている先生もいらっしゃいますし、最終的な原稿のクオリティが保てれば、過程を指定したりはしません」

「はい、たしかに……そう聞きました」

作家としてデビューが決まった段階で、その話は聞いていた。だから俺は恭也に、手伝いをお願いしていた。

「私が懸念しているのは、そういうスタイルを途中で変えることなんです。同じ作品なのに、クオリティや作風に差が出てしまっては、商品として失格になります」

その、悪い例もいくつか挙げてくれた。たしかに、記憶している限りでは、途中で作風が変わったという批判を受けていたものもあった。

(あれは、そういうことだったのか……)

実際にそういうデータがある以上、出版社側が懸念するのは当然のことだ。

「だから、川越さんがお手伝いをお願いしているご友人も、今後もずっとご協力をいただけるのでしたら、継続してお願いしていいと思うのです」

まさにその点だった。継続してのお願いの部分で、俺は難しいと思ったからこそ、恭也へ話を振るのをやめたんだ。

「いつまでも彼に頼るわけにもいかないので。だから、なんとかしてみます。すみません、お手数をかけますが」

「了解です。では、週末までに何卒よろしくお願いいたします」

藤原さんからの電話が切れた。携帯電話を布団の上に放り投げ、放心したように椅子へもたれかかった。

瀬戸際だった。これ以上はもう待てないだろうし、俺も覚悟を決めなければいけない。でも、現時点で画期的な改善方法があるわけでもなかった。ただひたすらに頭をかきむしって考える他は、やれることがなかった。

「恭也を頼らずに、か」

あいつへの尊敬は常に持ち続けている。あいつが、俺のことを思ってくれているのもわかっている。

仮に、俺が困っていることをあいつにしっかり相談すれば、きっとあいつは、ちゃんと時間を作って、俺のために悩んで考えてくれるだろう。

「でも、もうそれは……できねえんだ」

俺たちは、すでに別の道を歩き始めている。次に集まるのは、それぞれがプロとしての仕事を持ち寄って、さらに高いレベルの仕事をするときだ。

別に誰が決めたわけじゃないが、少なくとも俺はそう思っているし、きっとあいつらだって、同じことを思っているはずだ。

だから、こんなところで、あいつの手を煩わせてはいけない。

そう、誓ったはずなのに、だ。

「どうしたらいいんだ、俺は――」

このあと1文字も書けないまま週末を迎えて、今よりも一層。苦しんでいる絵が思い浮かぶ。今なら、その悲惨な未来予想を覆せる。

でも、それじゃダメだろうという自分もいる。

どちらが正解かなんて、まったくわからない。

俺は、一度放り投げた電話を拾い上げた。

「……聞いてみるか」

とはいえ、まさか恭也(きょうや)に聞けるわけもない。

その流れで俺が電話をかけたのは、この状況に誰よりも冷静な答えを持っているはずの、あいつだった。

◇

「……というわけで、説明は以上だ」

「なるほどね。今あなたが置かれている状況は理解できたわ」

河瀬川は、俺のこのとんでもない相談にも、真摯に受け答えてくれた。

「すまねえ、こんな重苦しい話、いきなり聞かせて悪いと思ってる」

「まったくよ。橋場もそうだけど、わたしのことヤブー知恵袋か何かだと思ってるでしょ、あいつもあなたも」

知恵袋はさすがにないが、頼りにはなると思ってるよ。

実際、同学年で創作に対して冷静な視点を持っているのは、恭也と九路田、そして河瀬川ぐらいだと思っている。ナナコもシノアキもすぐれたクリエイターであることに異論はないが、主観が強いのはたしかだ。

だから申し訳ないと思いつつも、俺は彼女に連絡をとった。

「橋場って、優秀だからこそ、一度頼ると離れにくくなるのよね」

「ああ、まったくだ」

「わたしがあいつを頼らないようにしてるのも、そういう理由からよ。領域をきちんと分けたら、それ以上に頼るのは絶対にしない。そうじゃないと、ズルズルとあれもこれも頼るようになって、何も残らなくなる」

すべて、耳の痛い話だ。

「だから、ここで一旦とらえ直すタイミングがあってよかったかもね。今回のラノベだけじゃなく、今後の話にもなるでしょうし」

「その通りだよ。俺としても、ズルズル続けるようなことは考えていない。ただ、きちんとした形でブレーンに入ってもらう選択肢は、まだ残っている」

ギャランティを払い、恭也にスタッフとして、俺のラノベで参加してもらう。

あり得ない話ではなかった。

「そうね、禁止されているのでないなら」

彼女も否定はしなかった。

「というわけで、河瀬川の意見を聞かせて欲しい」

すがるような思いで言った言葉に、河瀬川はあっさりと応えた。

「あなたが書くという前提で言えば、答えは決まってるわ」

「決まってる、か」

まさかそこまで確定で言われるとは思わなかった。

でも河瀬川のことだ、きっとその通りなのだろう。

「答えと理由、聞かせてくれないか」

◆

サクシードソフトでのバイトの翌日、僕は貫之との打ち合わせをするためにシェアハウスのリビングで待機していた。

僕は2階から下に降りてくるだけなので一瞬だったけれど、貫之は自宅から徒歩で移動なので、集合時間ギリギリになっての登場だった。

「悪い、じゃあ始めようか」

「うん、こっちはもうプロットを読み込んだから」

先に、彼からは2巻のプロットを渡されていた。その上で、僕が感想を言って、改善案を提示する流れだった。

「まず読んだ上での感想だけど……」

貫之のプロットは、アイデアとしてはおもしろいシーンがたくさんあるのだけど、バラつきがあって、ごった煮になっている感じが見て取れた。

要点の整理と、必要なエピソードの抜き出し。これをしっかりやることで、アイデアのおもしろさが引き立つはずと思い、僕はその候補を持って来ていた。

「というわけで、僕としては整理整頓が必要じゃないかなって思う」

そう告げると、貫之も、

「ああ、編集さんからもそう言われたよ。さすがだな、恭也」

見るべき点がプロと同じだということで、僕もひとまずホッとした。

「見当違いのところを指摘しなくてよかったよ、それじゃ……」

手元の資料を出して、いざ改善案の話になったところで、

「ちょ、ちょっと待ってくれないか」

「えっ？」

貫之から、いきなりその手を止められてしまった。

「どうしたの？　なんか追加で話をすることとかあった？」

少なくとも、打ち合わせに必要なことはすべて話したと思っていたけど……。

「いや、恭也がどうこうってわけじゃないんだ。俺のことですごく悪いというか、色々と考えた末のことなんだけど」

珍しく、貫之は狼狽した風にそこまで話しきると、フーッと大きく息をついて、

「俺、恭也に頼らずにやっていけるようにしたいんだ」

覚悟を決めた感じで、貫之はそう言った。

「頼らずにってのは、その、アドバイスを聞かないってこと？」

僕が聞き返すと、貫之も「ああ」とうなずいた。

「ずっと、考えてきたことだったんだよ。俺、不得意な分野はとことんダメだからさ、恭也に頼り切ってしまうのを、ずっと気にしてたんだ」

貫之は、堰を切ったように語り出した。

２巻の進行は、もうずっと順調とは遠いところにあったこと。取り返そうと躍起になればなるほど、手が進まなくなったこと、編集さんに弱点を指摘されたこと、そして、河瀬川に相談したんだ。悩んでるんだが、どう思う？って。そしたら」

「直球で返ってきたんじゃないかな。頼らずに自活する方向にって」

貫之は苦笑した。

「さすがだな。その通りだよ」

河瀬川のアドバイスは、予想通り直球だった。

「バッサリ言われたよ。あなたは自作への思い入れが強い。直すとしても、できれば自分で手を付けて、他人に触らせたくないタイプ。だから、いくら信頼しているからって、橋場に限らず他人を入れてしまったら、絶対に後悔するときが来ると思う……だそうだ」

先を見通して話を組み立てるあたり、河瀬川っぽいなと思った。

「元はと言えば、俺が頼んでやってもらっていたブレーンなのに、俺の勝手でまたやめることになって、本当にすまないと思っている」

そこで言葉を切って、貫之は僕の方を見た。

「でも、俺はここで自分でやる道を見つけない限り、次へ行けない気がするんだよ。だが……本音を言えば恭也に頼りたい。だが……」

「わかってるよ、貫之」

苦しげに話す貫之に、僕から口を挟んだ。

「僕もね、いつかこのことについては、言わなくちゃいけないって思ってたんだ」

「俺の……独り立ちについて、か？」

うん、とうなずいて、

「ずっとこのままの作り方でいいとは思っていなかった。でも、貫之が僕を必要とするうちは、それでいいのかなとも思ってたけど、こうやって、言ってくれたんだったら」

だったら、もう迷うことはなかった。

「応援するよ。厳しいだろうけど、がんばって」

「恭也……」

貫之は、一瞬だけ目を閉じて、

「ありがとう」

大きくうなずいた。

「うん……」

いつかは来ると思っていたし、来なければならないと思っていた。いやらしい話だけど、彼が僕を必要としてくれるのは嬉しかったし、その関係を持続できればって思いがあったのもたしかだ。

でもそれじゃ、いつまでも彼は次のステージへ行けないし、結局は同人ゲームを作っていたときの関係から脱却できないままだった。

貫之の方からそれを言ってくれたのは、とてもよかったことだと思う。人から言われるより、自分からその決定をする方が、しっかりと気持ちを整理できるだろうから。

ナナコはもう、別の方を向いて歩き出した。

貫之にも、そのときが来たということだ。

本来なら、彼らがプロの道を選んだ瞬間に、別れのときは来ていたはずだった。それでもまだ少しだけ、みんなには未練が残っていた。

友だちと楽しく、ものを作ること。その形が、大きく変わることになった。

(今度こそ本当に、そのときなんだな)

終わりは思ったよりもずっと、あっけなくやってくる。よく言われるそれを、僕は今、嚙みしめていた。

鹿苑寺貫之が、川越恭一になる。今日はその記念すべき日になった。

(さよなら、貫之)

心の中で、僕は一言だけつぶやいた。

◇

僕は貫之（つらゆき）に、最後の置き土産的な意味で、多少のアドバイスはしておいた。彼からもそういうお願いがあったからで、たぶん、何かしら役立ててくれることだろう。

「そう。いいんじゃないかしら。いきなりブツッと切れるより、フェードアウトするぐらいの方がやりやすいと思う」

お土産を渡すために大学で会った河瀬川（かわせがわ）にも、その決定は前向きに受け取られた。

3号館の横に、ミソラの広場と呼ばれている場所がある。僕らはそこに腰掛けて、互いの話をしていた。

「どう？　意外とさみしいって思ってる？」

「うん、まあ……少しはね」

実際は、少しという感じではなかった。

これからも、彼と何かの作品を作ることはあるだろう。けれど、そのときはもう、1人のクリエイターと制作として、依存しない関係で仕事をすることになるはずだ。

望んでいたこととはいえ、いざこうして決まってしまうと、心の中に穴が空いたような感覚が拭えなかった。

「まあ、すぐに割り切るなんて無理よ。徐々に慣れていくしかないと思うわ」

河瀬川にしては、意外な言葉だった。

「もっとスパッと切られるかと思った」

「わたしだって人の感情はあるわよ、馬鹿にしないで」

フン、といつも通りに鼻を鳴らしたあとで、

「……わたしも、ちょっと変わってきたのかもね。他人とふれあって、ずいぶんと感傷的になったわ」

「そうなったこと、後悔してる？」

「してたら、みんなとはもう会わなくなってるわよ。もちろん、貴方(あなた)にもね」

ちょっと怒ったような感じで、河瀬川は答えた。

「人間がこんなに不完全で、脆(もろ)いものだってわかっただけでも、わたしはここに来た意味があるって思ってるわ」

同感だった。

僕はこの時代に来て、きっと様々なことで優位に立って、それこそ無双できるのではなんて思っていたときもあった。

でも実際は違った。未来がたとえ見えていたとしても、できないことは多かった。たかだか10年程度の精神で、差がつくものじゃなかった。

そして３年目の今になって、僕は大きく悩んでいる。

未来の体験なんて、もう参考にもならないことで。

「シノアキの、ことなんだけど」

僕が話し始めると、河瀬川は小さくうなずいた。

「本人に少しだけ聞いたわ。仕事の仕方、変えるそうね」

「うん」

彼女にも、僕が考えていることを伝えた。

今はシノアキの身体のことを優先したいことを。ペースを守りながら、仕事をしていく方法を見つけるという旨を。

「わたしは反対しないわ。いちばん側でみている貴方がそう言うのなら、それが妥当なことだと思うし、間違いなんかじゃないと思う。けど……」

そこで言葉を切って、河瀬川は僕を見つめた。

「先に言っておくわ」

真剣な顔だった。

「シノアキのことについて、必要以上に背負わないようにね。貴方はただでさえ、自分がすべての原因だと思いがちだから」

「うん、わかってる……わかってるよ」

それで潰れたのが、もう1つの未来にいた僕だから。

あのときみたいに、河瀬川に悲しい思いをさせたくない。心配もさせたくない。

そしてシノアキにも、なんとか幸せであってほしい。

「ラノベの次の巻、カバーイラストのラフがそろそろ出てくる頃かな」

やり方を変えてからの、最初の作業だった。

「そう、じゃあまずは、そこで現状の把握はできそうね」

フッと息をついて、彼女は席を立った。

「いい？　どういうことになったとしても、思い詰める前に相談して。貴方が思っている以上に、みんな貴方のことを思っているの。自分が潰れればいいなんて馬鹿な考え、死んでも持たないようにね」

言葉はきつかったけど、言い方はとてもやさしかった。

ちょっと泣きそうな気持ちになりながらも、

「約束する。大丈夫だから」

僕もそう答えて、席を立った。

◇

シノアキがイラストを担当したラノベは、売上が好調ですぐに続刊が決まった。

なるべく早くラフを含めた準備に入りたいと、シノアキの担当編集さんからも連絡が入って、彼女はラフの制作に打ち込んでいた。

このタイミングで、シノアキは仕事のペースを変更した。

ラフにかける時間、手間、1日の稼働時間などを無理のないものにして、学業や生活を含めて、健康に害のないスケジュールになるようにした。

ただ、どうしても最初は前からの習慣もあって、時間をかけがちになっていたので、そこは僕がアラームをかけたり時間の管理をするなどして、シノアキの仕事をコントロールできるようにしていった。

そうした新しいやり方の、最初の成果物が出る日。

「シノアキ、入るよ」

時間通り、僕は彼女の部屋のドアをノックした。

中から、シノアキの「ええよー」という声が聞こえ、僕は中へと入った。

「失礼しま……あ、部屋、きれいになったね」

ちょっとびっくりするぐらいに、シノアキの部屋は片付いていた。

「時間ができたけん、掃除もできるようになったんよ～」

元々、シノアキの部屋は資料が散乱し、少々魔窟のような状況になっていた時期の方が多かったように思う。

だけど、時間と精神的な余裕ができたせいか、部屋の状況も改善されていた。

「作業も昼にするようになったし、夜寝るようになったね」

「うん、なんかおばあちゃんみたいな生活になっとるよ」

シノアキなら、きっとかわいらしいおばあちゃんになるんだろうな。

（健康状態は、ほんと良い方へ向いたみたいだな）

ホッとしつつ、シノアキの作業しているモニターを見た。

画面には、何枚かのラフがすでに描かれてあった。

（………えっ）

見た瞬間、僕は息が詰まったようになった。

「1日に1枚、時間を切って考えてみたんよ。引きの構図と、寄りと、あとその中間と。バリエーションになるようにって恭也くんが言ってたから、そういう感じで描いてみたんやけど、どうかな？」

シノアキの言葉に、僕はハッと我に返って、

「う、うん、そうだね、ちょっとメールで僕のとこに送ってもらっていいかな？　それでちゃんと確認しようかなって思う」

「わかった、じゃあ今送っちゃうね～」

シノアキは笑顔で、画像ファイルを僕宛にまとめていった。

「それで、どうかな？　パッと観た感じで、どれかいいのはあった？」

「そうだね、今出ている中だと、寄りのものがよかったかな」

答えると、シノアキはうなずいて、

「うん、わたしもこれがいいかなって思うかな〜」

「そっか、シノアキも同じ意見か」

僕も同じようにうなずいて、

「じゃ、またあとでちゃんと返信するから、それを待って編集さんに送ろうか」

「そうやね、じゃあ待っとるよ〜」

シノアキの笑顔に見送られ、僕は部屋をあとにした。

ドアを閉めてすぐ、自分の部屋を開けた。急いでPCの前に座って、シノアキから送られてきた画像を保存し、開いた。

すべての画像を並べて、見た。

そして思わず、頭を抱えた。

「思った以上に……普通だ」

シノアキの描いたラフは、明らかに凡庸で、よくあるものの枠に収まっていた。他のレーベルのラノベを無作為に選べば、同じような構図のカバーはおそらく出てくるだろう、そういう印象でしかなかった。

もちろん、彼女の技量も以前に比べれば格段に上がっている。今見ているものは、商業のクオリティ全体で見るならば、中間より上にあることは間違いなかった。

だけど、それでいいわけがなかった。

「これじゃ、特別なものにはならない」

イラストレーターに必要なものはたくさんある。

流行(はや)りのトーンに合わせること、〆切に間に合わせること、そういうわかりやすいものももちろんあるけれど、僕の視点から、最重要と思われることが1つある。

それは、替えの利かない絵である、ということだ。

誰かに似ている絵、◎◎っぽい絵は、その絵が流行っていれば需要は発生する。だけど、似ているということは替えが利くということでもあり、絵柄が似ている別の誰かに取って代わられることなんて充分にあり得る。

シノアキの絵は、絵柄そのものは突飛なものではなく、あくまでスタンダードなものだ。しかし、構図や彩色といった要素が群を抜いて独創的で、なかでも彼女をトップに押し上げた最大の理由は、その『表情』だった。

かわいさをわかりやすく絵で表現するには、目を大きく、鼻と口をなるべく小さくするといい。これはある意味、美少女イラストの定石であり、長年、一角を担っている重要な要素だった。それが受け取る側の先入観となった以上、鼻と口を大きくしっかり描くことは、メジャー路線を外れやすいと言われていた。

そこを切り崩したのが、秋島(あきしま)シノだった。彼女の描く少女の絵は、思いっきり泣き、笑い、怒り、その折々の表情をしっかりと表に出しつつ、かわいさを保つという離れ業をやってみせたのだった。

だけど、今の彼女は、その武器が明らかに錆びかけていた。

構図は多少のひねりはあったものの、そこまで凝っているというわけではなかった。仕上がりは彩色で持ち上げられるとしても、あの際だった特徴である表情については、少なくとも今回のラフでは見られなくなっていた。

「どうするんだ、今言っていいことなのか、これは」

シノアキの顔色は以前に比べて格段に良くて、健康状態は間違いなく改善していた。

夜型の生活も朝型に変えて、仕事のしやすい環境は生まれつつあった。

だけど、肝心の成果物は、

「ここまで、変わってしまうものなのか」

すぐに気づくぐらいには、以前のすごみが抜けてしまっていた。

河瀬川の、そして仁さんの言葉が蘇ってくる。

(何かを犠牲にしなければ、生まれないものだったのか……?)

そうは思いたくない。しっかりとした時間の管理をした上で、名作と呼ばれるものを生み出している作家はたくさんいる。

シノアキが、できないとは思いたくない。だけど、現状ではそうではないと言うしかない状況だった。

「スケジュール、確認しなきゃ」

気づいたように、今後の日程の書かれたファイルを開いた。

今日でラフ案をまとめて、編集さんに送る。おそらくはすぐに戻ってくるはずなので、そこから線画、彩色へと移る。アクシデントに備えて、各工程ともに1日ずつのバッファを見ていたので、まだ時間的には余裕があった。

ラフの切り直しは、不可能ではない。

「でも、シノアキに負担をかけることになる」

日程を詰めるというのは、すなわちそうなることを示していた。

実家に行って、話をして、それで決めたことを、この最初の段階で覆していいのだろうか。仮にそうしたとして、シノアキの健康状態を、また前に戻していいのだろうか。

また、頭を抱えた。

両手の指に力が入る。結論を出すために、何かの器具で縛り付けているような、そういう痛みが頭に走る。

やがて、両手は力なく下へと落ちて、僕はキーボードを叩いた。

『このラフで編集さんに送ってみよう』

シノアキへそう伝え、ウインドウを閉じた。

ベッドの上へ、うつ伏せになって転がった。考えなくてはいけないことがたくさんあるのに、何も頭に浮かばなかった。

答えのない問いであることはわかっていた。

河瀬川から言われたことも理解していた。

でも、いざ目の当たりにすると、少なからずショックはあった。

少しは近づいたと思っていたクリエイティブの世界。それがまだ遠い彼方にあることに、僕は今さら気づかされた。

その日の早朝、僕は、貫之の作業部屋に来ていた。

ずっと徹夜し続けた上でやっとできた、最終提出のプロット。その出来映えを確認しに、来ていたのだった。

「さあ、ど、どうだ、恭也……？」

もうすでに、僕がどうこういう段階ではなかった。

読んでみておもしろいかどうか。その1点においての最終確認だ。

貫之の方針は決まっていた。僕が読んでおもしろかったら提出。そうでなければ、あと1日だけかけて修正して提出。

でも、彼の中ではもう今日しかないという覚悟があった。というか、この貫之の様子を見る限り、明日まで体力が持ちそうもない。

印刷された用紙の向こうに、貫之の表情をうかがう。

目の周りにはクマがくっきりと浮かび、無精ひげも伸ばしたままだ。何かを食べると寝るからという理由で、水とチョコしか摂取していないのもわかっていた。

この緊張感の中、僕は静かに読み進めていく。

妥協はしないと決めていた。ダメならリジェクトし、ＯＫならそう告げる。感想を言う係をするからには、そこは大切にしていた。

読み終わった。用紙を彼の前に置いて、僕は言った。

「おもしろかったよ。がんばったね、貫之」

瞬間、貫之は僕の両手を引っつかんで、

「や、やったか!! ありがとう、ありがとう恭也っ!!」

何度も何度も上下に振って、ＯＫの出た喜びを感じていた。

（ほんと、がんばったんだな、貫之）

約束した通り、僕は今回、感想を言う他には詳しいアドバイスを避けていた。

僕が前の巻でやっていたのは、とかくいろんな方向に飛びがちな貫之のアイデアから、主題になりそうなものを順序よく並べて、そぎ落としをすることだった。

貫之は最初、僕と同じことを2巻のプロットでやろうとしていた。しかし、貫之は僕のとった方法について、絶望的なまでに適性がなかった。整理しようとするあまりに主題が単調な流れになってしまったり、逆に削りきれず、枝葉が悪目立ちしてしまう欠点が出てきてしまっていた。

それについて、貫之がとった対策は、僕には思いつかないものだった。

「なんか、やっと俺のやり方ってのがわかった気がするよ。プロットをプロットとして書くんじゃなくて、本文を考えるリズムで書いていけばいいんだなって」

貫之は、本文を書きながら内容を微修正していくタイプだった。つまりは、あまりプロット通りに進まない作家だった。

だから貫之は、最初にまず、あっさりめに本文を書いてしまうことを選択した。それによって、整合性やまとめかたも、初めてここで思いつくことができた。そうして書き上がったプロトタイプの小説を元に、あらすじ的にプロットを組んでいった。

もっとも、こんな非合理な書き方をするなんて、貫之にしかできないことだった。普通は、本文を書くペースが速くない上に、あとで無駄になるかもしれないテキストにそこまで力を注ぎ込めない。

（貫之だからできた、解決法だ）

だから、これは間違いなく、貫之自身がつかんだ正解だった。

「な、なあ、これで担当さん、喜んでくれると思うか……？」

「それはわからないけど、僕はとてもおもしろいと思ったよ。貫之だって、おもしろいと思ったから僕に見せたんだろ？」

貫之はうなずいた。

「俺がおもしろいと思ってないものを、恭也に見せるわけがないだろ」

「うん、だったらいいじゃない。送ろうよ」

僕が力強く言うと、貫之の目にもまた、強い光が灯ったように見えた。今にも倒れ込みたいぐらい、強い眠気のはずなのに、まだ内容について考えられるのは素直にすごいと思えることだった。

「よしっ、じゃあ俺は送る！　また反応があったら知らせるよ、ほんとありがとうな！」

「うん、結果を楽しみにしてるよ」

言って、貫之の作業部屋を出た。

ここまで来てしまえば、貫之はもう自分でどうにでもするだろう。完全に突っ返されるような内容には見えなかったし、あるとしても部分的な修正や誤差のはずだ。

元々、彼には才能がある。

僕という存在なしでも、光り輝いていたはずなのだから。

「ふあぁ……貫之、大丈夫だった？」

リビングには、ナナコが眠そうな顔で待機していた。

貫之が心配だったようで、同じく徹夜で見守っていたらしい。普段あんなに言い合っている間なのに、こと創作となると気遣えるのは、ナナコの良いところだ。

「もう、いけるはず。好みの問題はあるかもしれないけど、僕が読んだ感じでは充分におもしろいものになってた」

「ならよかった。あいつちゃんと実力あるんだから、気持ちの切り替えでなんとかなっちゃうんだよね、たぶん」

「うん、僕もそう思う」

ずっと、書くことに対して真剣だった貫之が、この一点だけどうしようもないなんて、そんなことはないと思っていた。

だけど、生真面目さがその打開の邪魔をしていたのかな、とも思う。そういう面で見ると、きっかけを作ってあげられたのは、本人にとってもよかった。

「というわけで、ナナコもお疲れさま」

「はーい、それじゃ、おやすみ～」

ナナコはあくびをかみ殺しながら、自分の部屋へと戻っていった。

「さ、じゃあ次は……シノアキの番か」

僕は部屋へ戻ると、彼女の担当編集さんから来ていた、状況連絡のメールを確認した。

シノアキの提出したラフは、特に大きな問題もなくチェックを通過し、編集さんの意見も、僕らと同じ寄りの案がいいとのことだった。

危惧していたクオリティについては、線画から彩色に至る工程でかなり向上し、商業の媒体に載せても、特段問題のないものに仕上がった。

編集部の反応もよかったらしく、シノアキも喜んでいたらしい。

（ひとまずは良かったの……かな）

とりあえずは安心しつつ、彼女の部屋のドアをノックした。

「シノアキ、入るよ」

「ええよ〜」

今日は、先方から届いた挿絵の作業をする予定で、その合間に現状の確認をすることになっていた。

「特典用に描いたイラストがこれやね〜」

開いたものを順番に確認した。

カバーイラストのときと同じ感想だった。構図や表情などで特に目新しさはないが、商品としての及第点は充分、クリアできているという印象だった。

「じゃ、挿絵の指定も入ったし、順番に進めていこうか」

「うん、やってくよ〜」

シノアキの様子は、以前と変わらないように見えた。

いや、むしろ健康になった分、快活さが増したようにも思える。

仁さんや優くんが見れば、きっと安心するだろう。姉は健康になり、仕事もちゃんと両立して、こなしていると。

それを求めていたのだから、何の間違いもないはずなんだ。

「恭也くん、恭也くんっ」

「あっ……え、ごめん、シノアキ。ちょっとボーッとしてた」

「もう～、話しかけとるのにどうしたとね」

かわいらしく頬(ほお)を膨らませて、シノアキが抗議した。

「ちょっと考えごとが多くてね。ごめん、今はこっちのことに集中する時間なのに」

「ふふっ、そうやよ～」

人の作るものには浮き沈みがある。シノアキが今、立ち止まっているとしても、ずっとそれが続くわけじゃない。

僕はそう言い聞かせて、彼女に仕事をさせていく。

サクシードソフトで動かしている企画は、開発が本格化していた。
茉平(まつひら)さんを始めとして、メインのスタッフはゲームの中核部分の企画・各素材の制作を進めていて、僕らは指示されたとおり、作中のミニゲームを作っていた。
竹那珂(たけなか)さんが言っていた通り、僕は元々補佐役として関わるはずだったのに、フタを開けてみると、ほぼ僕が主導してやることになっていた。
「パイセン、お疲れ様ですっ！」

ビシッと音の聞こえそうな敬礼をして、竹那珂さんが僕のデスクの横に立った。

「システムグラフィックの仮置きバージョン、イベント絵のダミー、背景グラフィックのラフ、ぜんぶまとめて共有に置いておきましたっ！」

「ありがとう、助かる！　じゃあ、次の指示もタスク表に書いておくから、上から順番にやっていってもらえるかな？」

「わかりましたっ!!」

もう一度、ビシッと敬礼を決めたあと、竹那珂さんは僕に耳打ちをして、

「……パイセン、身体大丈夫ですか？　なんかもうずっと働きづめで、タケナカちょっと心配ですよ」

「う、うん、まだ大丈夫……だと思う」

ちょっと嘘をついていた。

ミニゲームの制作は、部分的には外注を使ってもいいということになっていたが、基本的には僕と竹那珂さんの2人で作るように言われていた。

「シナリオや設計、パーツの選定やスクリプトをパイセンがやって、タケナカがキャラデやグラフィック周り全般、音楽や足りないものは過去作のリソースを使いなさいって、なんかキッツキツですよねえ」

「そうだね。納期もけっこうしんどいし、どうしたんだろう」

結果、僕らはかなり詰め詰めで作業を強いられることになっていた。

「なんか、ちょっと不穏ですよね～。開発部全体が、あんまいい空気じゃないというか」

さらに小声で、竹那珂さんがつぶやく。

彼女の言う通り、今の開発部は非常事態といった感じが目に見えて現れていた。これまでは、作業の合間に雑談をしたり、共有スペースでゲームをしたりする姿があったのに、今はみんな、シンと静まりかえった職場で、黙々と働いている。

時折漏れてくるのは、舌打ちの音といらだちの声だけだ。

「今日、堀井さんと茉平さん、上と打ち合わせだっけ」

「ですね、たぶんもうそろそろ戻ってくると思うんですけど」

そこまで言ったところで、開発部のドアが開いた。

部員のほとんどの目がそちらに向けられて、そして、固まった。

「…………」

堀井部長と茉平さんの顔が、明らかにこわばっていた。とてもじゃないけど、軽口を叩けるような空気ではなかった。

「橋場くんと竹那珂さん、ちょっと会議室へ来てもらえるかな？」

「は、はいっ」

茉平さんからの呼び出しで、僕と竹那珂さんは揃って席を立った。

「……何か、よくない予感がします」

「そうだね」

不安の中、僕らは会議室へと急いだ。

茉平さんと僕たち、それに社員を含めた面々の前で、茉平さんが口にしたのは、予想通り、あまり良くない知らせだった。

「今進めているRPGの企画、1年間の制作期間を短縮し、10ヶ月で作るようにという決定が、先程取締役会で決定しました」

全員が当然のようにざわついた。

RPGの企画は、茉平さんが提案した目玉企画で、規模に比べてしっかりと作れるようにと、通常の設定よりも多めに制作期間を与えられていた。

しかし、他のラインの状況を鑑みて、やはり1年はかけられないと判断され、期間の短縮を一方的に告げられたとのことだった。

すでに1ヶ月進行しているから、残り9ヶ月で作れということだ。

「そんな！　せっかくしっかりとしたスケジュールで進めてたのに」

「1年かけるつもりで発注かけてるけど、今から変更かけられるのか……？」

社員の人たちも、寝耳に水の期間変更だったようで、口々に不安の声を上げ始めた。

「マジですか……茉平さん、大丈夫でしょうか」

竹那珂（たけなか）さんも、不安そうな顔をしている。

茉平さんは、企画を立ち上げてからも、各所に丁寧に連絡をし、決して無理をしない工程を考えてロードマップを作っていた。その上で、きちんと売上予測から会社に利益を出せる企画にまでまとめ、その上で上層部の承認を受けていた。

なのに、突然の期間短縮を言い渡されたとなっては、あまりにつらいものがある。

（9ヶ月か……さすがに半分は前提として難しいだろうけど、2ヶ月減なら、全体の工数を詰めていけば、というところかな）

僕も、茉平さんの作ったロードマップは確認済みだった。

幸か不幸か、余裕をもって作られているものだったので、間をきれいに詰めていけば、なんとか可能なはずだった。

せっかくの機会だし、企画そのものも魅力的だったから、茉平さん自身もきっと前に進めたいと考えているはず。そう、思っていた。

「僕の意見を言います」

茉平さんが口を開いた。

「このままの状態で、進行することはできないと考えています。なので……」

しかし、この後に彼が続けた言葉は、意外なものだった。

「予定通りの期間を得られないなら、企画そのものを中止する、という強い姿勢で臨もうと考えています」

茉平(まつひら)さんのこの提案に、周囲はさすがにざわめき始めた。

(えっ……やめるの、企画を?)

思わず、隣の竹那珂(たけなか)さんと顔を見合わせた。彼女も意外だったようで、驚いた顔をしていた。

せっかく通したものなのに、そんな真正面から突っぱねる形でいいのか……?

社員さんの反応も、さすがにこれには同意していいのかという感じで、正直、戸惑っている様子だった。

(だって、みんなも楽しみにしてた企画だよな、これって)

もちろん、企画の主導は茉平さんだ。だけど、企画が軌道に乗り始めてからは、他のスタッフだってアイデアを出していった。

それが、急に破棄も辞さないとまで言われたら、本当にそれでいいのかと思うのは当然のことのように思う。

「ちょっと待ってください、さすがに中止はやりすぎなのでは?」

「そうですよ、予算も下りて作り始めたんだし、多少の条件変更は飲んで進めていくことはできないんですか」

案の定、社員さんからも疑問の声が上がり始めた。

しかし、茉平さんはそれに動じる様子もなく、

「これまでの企画においても、経営陣から無理なスケジュールを押しつけられ、結果、満足のいく形にならなかったことは多々ありました。その過ちをまた、繰り返してもいいのですか？」

ベテランの社員さんを相手に、一歩も引かない様子を見せた。

「ううん、そりゃ、まあ……そうだけど」

「たしかに、上の勝手な命令で酷い目に遭ってきたからなあ」

上手いやり方だなと思った。この企画についての話を、制作のこれまで受けてきた屈辱や、立場・プライドの問題へとすり替えることに成功した。昔から積み重ねてきたことも含めて、こうなると古参の人ほど反対がしにくくなる。

「だ、だけど、何か上手く調整とかできないものですか？」

それでも、もったいないと感じた人からは、どうにかできないかという声が飛んだ。

「いいえ、相手に合わせようとすること自体、やってはいけないことです」

しかし、それでも茉平さんは折れなかった。

元からこうしようと決めていたのか、まさに一刀両断という様子だった。

「特になければ、その形で進めま――」

茉平さんが、いつもの静かな口調でそう言いかけた、瞬間。

「あ、あのっ、待ってください！」

思わず、僕は手を挙げていた。

アルバイトだからとか、メインで関わっていないとか、そういう点は度外視して、何か言わなくては、という思いだった。

茉平さんは、そんな僕の動揺を意に介していないのか、冷静に、

「橋場くん、何か意見でも？」

そう、聞かれた。

「あ、あの、その……」

僕はたじろいだ。

あの茉平さんに何かをもの申すなんて、普段なら考えられないことだ。

だけど、今だけは言葉を挟まなければいけないと、直感的に思った。

「さすがに、もったいないと思いませんか、ここで破棄してしまうなんて」

そして、言った。

会議室全体が、一瞬静まりかえる。

茉平さんは、もはやただのバイトではない。社員になるのは既定路線である上に、開発部のスタッフからの信頼も並大抵のものではなかった。

そういう人に異議を唱えるというのは、正直心細いし、やりたくない。普段の業務で信頼している人を前に言うのだから、なおさらだ。

(でも、違和感を抱えたままでいるよりは……ずっといいはずだ)

覚悟を決めて、向き直った。

「たしかに、ここで企画を止めるのは、僕だって悔しい」

茉平さんは腕を組んで黙っていたが、ゆったりと口を開いた。

「でも、不充分な環境でどうしようもないものを作るぐらいなら、今ここで終わりにした方が傷は浅くて済む。橋場くんはそう思わないか？」

冷静で、自分の思想をきちんと持っている人の言葉には、ブレがなかった。

これまでしっかりと土台を作ってきた人だからこそ、言える言葉だ。

(いや、ひるむな。信じているものがあるんだったら、言うんだ)

僕の言いたいポイントは2つ。

スケジュール面での調整は不可能ではないということと、せっかく立てたいい企画なのだから、無駄にはしたくない、という点だ。

後者は感情的なものが多くを占めているから、説得材料にはなりにくい。ならば、まずは現状で無理と断言されている、スケジュールから話をしていこう。

多めに息を吸い込み、口を開いた。

「たしかに、期間を短くしろというのは厳しい注文です。ですが、たとえばもう少し猶予をもらえないか譲歩を打診するとか、残り9ヶ月でできる方法を考えるとか、作る前提で考えることはできないんでしょうか？」

茉平(まつひら)さんは、大きく首を横に振った。

「難しいね。譲歩については、これまでの高圧的な上層部の決定からして、おそらくは受け入れられないと思った方がいい」

「困難であることはわかります。なので、こちらとしても武器を用意した上で、話をしてはどうかなと思うのですが」

「武器？　それはどういう？」

茉平さんが、こちらの話に乗ってくれた。

「はい、上層部の話では期間を短くしろという点と、2ヶ月という大雑把(おおざっぱ)な区切りを示しています。なので開発部としては、試算をして細かいデータを出すのはどうでしょうか」

僕は、ホワイトボードに貼ってあるロードマップの表を指して、話を続けた。

シナリオやグラフィック、プログラムなどの工程に、時間を示す帯が引いてある。

その終わりの方に、色の異なった部分がある。これが、工程に多少の余裕を持たせる、バッファにあたる箇所だった。

「茉平さんが前もって考慮されていたおかげで、現状、すべての工程に少しずつバッファをとるようにしています」

「うん、必要な工程だと考えているから、当然のことだ」

その箇所をすべて詰めて計算したものを、ボードの下へと書いていく。トータルで35日分。およそ1ヶ月ぐらいの日数が節約できた。

「この詰め方なら、なんとか工程を早めることができると思います。もちろん、馬鹿正直にそのまま提案するのは交渉として不利なので、23日から27日ぐらいの試算で提出してみます。この工期圧縮が限界です、と」

ほう、という声がまばらに聞こえた。

さっきの感触だと、やはりこの企画を切るのはまだ早いという人も一定数いた。まずはその層をこちらに巻き込みつつ、茉平さんに同意している人たちをも翻意させたい。

「現実的なプランに見えるが、机上で計算しているに過ぎないよ。ヒューマンエラーや急にリソースが確保できなくなるアクシデントへの対応もふまえないと、失礼だが、単純な計算のみでの提案は危険だ」

懸念を示す茉平さんに、僕もうなずく。

「もちろん、これは考え方を示しただけに過ぎません。各部署の責任者にリスクを確認しながら、慎重に圧縮をする必要があるでしょう。でも……」

ここは押しどころだと判断して、強く進言した。

「せっかくの素晴らしい企画なんです。成立させて良い作品を作るためにも、0か1かではなく、調整案を検討するのは、あっていいのではないでしょうか？」

「……っ」

茉平（まつひら）さんが、息を呑（の）んだ。

理論を先に言って、ついで感情に訴える。

（多少なりとも、仕事で学んだことが役に立ったかな）

おそらく、先に感情を出していたら、ここまで説得力はなかったはずだ。

社員さんたちから、徐々に賛意を示す声が聞かれるようになった。

これぐらいならまあなんとか、素材ももっと厳選できるよね、全体でカバーすれば実現できるよ、そんな意見が口々に聞かれるようになってきた。

（これで、少しはトーンも変わったんじゃないか……？）

さっきまで半々だった意見も、段々と、調整して企画を進めようという空気へと変更されていった。

対案の提示は、成功といったところだろう。

茉平さんは、ずっと目を閉じて、腕を組んだまま黙っていた。

みんなの意見が、少しずつ変わってきているのを認識したのか、やがて目を開けると、

「わかりました。みなさんの同意がなければ、破棄の件については保留しようと思っていました。橋場くんの件も含め、一旦、この件については預からせてください」

おお、という声が何人かのスタッフから出た。

茉平さんの立場からすれば、はねつけることだってできたはずだけど、それでもこの場の流れを読んでか、彼は提案を保留扱いとした。

「お疲れ様でした、解散です」

会議室全体に、安堵の空気が漂った。

みんな立ち上がって、元の作業へと戻っていく中、茉平さんだけが、ジッとその場に座ったままだった。

僕もまた、自分の席に戻ることができにくい状況にあった。

(思わず出た言葉とはいえ、言いくるめるような形になってしまった)

悪意や、何らかの政治的な意図があってのことではない。それは茉平さんだって、もちろんわかっているはずだ。

だけど、あの場において、僕が意見を言うことで、茉平さんの信念なり考えなりを、変えさせたという事実は残ってしまった。

話だけはしておきたい。禍根を残すようなことになっては、僕としても本意ではない。

カラカラに渇いた喉から、絞り出すように声を出す。

「あの、茉平さん。僕は――」

続けて言おうとした言葉を、

「橋場くん」

茉平さんは、いつも通りの冷静な口調で、遮った。

「少し、時間をもらえないか？　2人で話したいことがあるんだ」

やはり、彼にも思うところがあったようだ。

「………はい」

僕はただ、うなずくしかなかった。

◆

電話の向こうでは、最終確認をするつぶやきが聞こえていた。OK、ここもOK、という小さな声が、断続的に響いている。

やがてそれらの声も収まると、続いてハッキリとした声で応答があった。

「プロット、OKです。お疲れ様でした。本文の執筆に入ってください」

一気に、身体から力が抜けたような気がした。

「ありがとうございました……！」

フーッと息をつき、椅子にもたれかかった。

制作中のラノベの第2巻、これでやっと執筆まで進めることができる。

「すみません、本当に時間をかけてしまいまして」

担当の藤原さんに、遅くなってしまったことを詫びる。

「いえ、難産でしたが、その分いいものになっていると思います。勢いを持続して、がんばって書いていってください」

「はい、もちろんです」

細かい〆切の話などを詰め、今後の予定も具体的に進んできた。

それじゃと電話を切ろうと思ったところで、

「川越さん、そういえば……ブレーンとして協力していただいた方とは、その後、話をされたんですか？」

言われてみれば、その件についてはまだ報告をしていなかった。

「はい。今回は少しだけアドバイスをもらいましたが、今後はもう自分1人でやっていこうと、お互いに話をして決めました」

「そうでしたか。良い形でまとまったのでしたら、何よりです」

藤原さんは、「それはそれとして」と話を一旦終えた上で、

「1巻のプロットのまとめ方を見るに、川越さんとその、橋場さんの仕事の相性は、とてもいいように感じました」

「なるほど……そうですか」

藤原さんが言うには、エピソードの取捨選択や順番の入れ替えなどが、俺の作る話と上手くフィットしていたらしい。

「なので、今作については川越さんが決めた形でいいと思いますが、お2人で作るものについては、また何かやってみてもいいのでは、と思います」

ありがたい話だった。俺も、また恭也とは何かを作りたいと思っていた。

ただ今は、自分の力を伸ばすことに集中をしたい。そうしてがんばった先に、恭也が作りたいものがあれば、それに協力したい。そう願っていた。

藤原さんからの電話を切ってからも、俺はずっとこれからのことを考えていた。

このまま、ラノベ作家を続けていくことは、物書きで食べていきたいと考えていた俺には、願ってもないチャンスだった。

でも、せっかく恭也や、学科の連中とこうして出会ったのだから、その縁も大切にしたいし、また何かできないかという思いは強かった。

「あいつらと作りたいもの、か」

ハルそらのときは、どうにも未熟すぎた。今ならもっと上手くやれたのにと、後悔ばかりが先に立っていた。

また何かをやろうとなったとき、俺にも何かが欲しい。

「圧倒的な物語の力……だ。文句なしにおもしろいと思わせる力があれば、きっと恭也のためになる」

俺は一旦閉じたノートパソコンを開き、さっき通ったばかりのプロットから、本文を勢いよく書き始めた。

「何より俺が一人前にならなきゃ、な」

◆

会議室には、僕と茉平（まつひら）さんの２人だけが残った。

最初、僕らは無言だった。茉平さんは目を閉じたまま、何もしゃべらなかった。

（こういうことになった以上、仕方ないとはいえ、気まずいな）

何から話をしようか、お互いに牽制（けんせい）し合っているようにも思える。

僕はひとまず、さっきの議論の流れを思い返していた。

茉平さんが立てた企画に、上層部が開発期間の点で短縮の命令を出した。

しかし、茉平さんはそれに真っ向から対立し、企画の破棄も辞さないと話した。

僕はその方針に対して、極論に過ぎるのではと意見し、妥協案を示した。

要点をまとめるとこんなところだ。

議論の帰結点としては、茉平さんが不可能だと示したことについて、僕が可能であるという説を提示して、それを茉平さんが考慮する、と回答した結果になった。

偉そうな言い方だが、僕が1つの解を出した形になる。

（でも、ちょっとおかしいというか、そもそもの疑問点があるんだよな）

茉平さんは、今さら言うまでもなくとても頭の回る、しかも配慮もできる人だ。

そんな人が、僕ごときがパッと思いつくような妥協案を、考えつかないわけがない。おそらくは、こういう逃げ道があることを、わかっていたんじゃないかと思う。

にもかかわらず、その可能性を最初から否定していた。つまりは、企画を通したいという思いよりも、最初の形のまま進めることにこそ、意義があったということだ。

仮にそうだとして、そのねらいは？　誰に対しての行動だったのか？

聞ける空気なら、聞いてみたいことではあった。

（それはともかくとして、僕から、何か言った方がいいのか）

さっきのことは、一度詫びなければと思っていた。気にかかったことを正直に話したので悔いはなかったけれど、茉平さんの意向と異なることをしたのは事実だ。

そのことを、茉平さんが怒っていても不思議ではない。

「先程は、すみませんでした」

頭を下げると、茉平さんも目を開けた。

「いや、僕も独断が過ぎたと反省している。説得力のある説明ができていれば、橋場くんが反論することもなかっただろうしね」

しかし、とそこで言葉を切ると、

「でも、正直言って困ったことをしてくれたとは思っている。僕の考えていたことが、これで軌道修正を余儀なくされてしまった」

「あの、僕ができることでしたら」

やります、と言おうとしたところに、茉平さんは言葉を重ねて、

「君にきちんと説明をしておくべきだった。もっと早くから、準備段階での協力を求めるべきだったんだ」

「説明、ですか？」

何のことだろう。あの企画以外にも、もっと考えていたことがあったということだろうか。まったく別のゲーム企画なのか、それとも。

しかし、続けて茉平さんが告げたことは、別の方向で衝撃的だった。

「僕はね、サクシードソフトの社長、茉平忠広の息子なんだ」

「……っ、そう、だったんですね」

バイトの採用時、社長の名字を確認していた。めずらしい名字だったので、ひょっとしたら……という疑問は持っていたが、それが当たった形だった。

「僕が単なるバイトなのに、やたら大切な仕事をまかされているのをおかしいと思っただろう？　要は七光りだったということだよ」

自嘲めいた言い方だけど、僕はそうは思わなかった。

茉平さんは、実務の面でも他のバイトや、社員よりもずば抜けて能力が高かった。だから、仕事をまかされるのは贔屓ではなく当然だと。

「ありがとう。七光りなんかじゃないって思ってました」

「僕は、でも、周りはそう見てくれないものだよ。現に、社長になるのは既定路線だからと陰で言う人もたくさんいた」

やはり、その点で苦労をした人だったのか。

「でもね、僕は今のサクシードソフトの跡継ぎには、なりたくないんだ」

「え、どうしてですか……？」

この頃のサクシードソフトは、上場企業ではなかったものの、売上高や業界の注目度からしても、勢いもあり、有望株として見られていた。

だから、その跡を継げるというのは、当然のようにうらやましい話だと思ったけど。

「やっぱりその、七光り的なこと、ですか？」

「それもある。でももっと嫌だったのは、会社の体制や考え方が、古かったことだよ」

どこか吐き捨てるような言い方だった。

「父は、古いタイプのゲーム開発で会社を成長させたから、ずっとそのやり方でいけると思い込んでいる。だから、残業はやって当然みたいな会社になるし、身体を壊すまで根を詰める人間も出てくる。図体ばかりでかくなっても、中身は大学のサークルなんかとまったく変わっていないんだ」

耳の痛い話だった。僕が10年後いた会社は、まさにその悪い部分だけを寄せ集めたような会社だったから。

「だから、僕はこの会社を変えようと思っていた。社員の人にも協力を求めたけれど、話をちゃんと聞いてくれたのは、堀井さんだけだった」

そうか、だから堀井さんと行動を共にすることが多かったのか。

「でもそれで充分だった。僕が企画を作り、余裕のある体制で完成させて売上を出せば、文句も言わせないし、体制も変えられるはずだと思っていた」

茉平さんは、悔しそうに企画書を机の上にたたきつけた。

「なのに、取締役の連中は、この予定ならまだ詰められるだろうと言ってきた。反論したら、坊ちゃんはまだ開発の現場を知らないからと抜かしてきた。馬鹿な話だよ！　みんなと寝食を共にし、家に帰れない人たちをたくさん見たからこそ立てた計画なのに、あいつらこそ何もわかっちゃいないんだ」

いつもの茉平さんからは想像できない、感情を露わにした強い言葉だった。

僕自身、ブラック企業に身を置いていたから、茉平さんのような考え方をしてくれる人がいて、それだけでも救われる気持ちだった。

「だから、あの企画は妥協したくなかったんだ。バッファを詰めれば日程調整が可能なことも、おそらくは上層部も調整に応じるだろうことも、当然読んでいた」

やっぱり、そうだったのか。わかっていて突っぱねるつもりだったのか。

「君には申し訳ないことをしたと思っている。だけど、僕はこの企画だけのために動いているんじゃない。未来のゲーム制作まで見据えた上で、考えているんだ」

ピンと張り詰めた空気。

いつも通りの落ち着いた口調のはずなのに、茉平さんが声を発する度に、部屋の酸素の濃度が薄くなっていくような気すらする。

「僕は、ゲーム制作を普通の仕事にしたいんだ」

茉平さんは静かに語った。

「クリエイティブなんて特別な言葉で飾り立てて、さもそれが、何かの聖域であるかのような扱いをする。それによって、労働時間も環境も、普通なら考えられないような無理を通そうとする。そんなのはもう、終わりにしたいんだ」

おそらくこれまでのサクシードはそういう会社だったのだろう。そのことがわかるような言い方だった。

「僕ら作り手にしたって、それが楽しいからという理由で、時間をつい使いすぎてしまう。本来休まなければいけない時間を、作業に充ててしまう。その瞬間は高揚感で楽しく過ごせたとしても、身体(からだ)には必ず、ダメージとなって返ってくる」

耳の痛い話だった。いいものができるのなら、時間と労力は惜しまずにやる。一見するといい言葉だけど、それは作り手のリミットを考えないやり方でもある。現にシノアキは、それで体調を崩して倒れてしまったのだから。

「――だから、変えたいんだ」

彼はまっすぐに僕を見つめた。

「公務員や工場勤務のような、統制の取れた、しっかりと時間で区切られる仕事にすることで、働いている人たちの環境を根こそぎ変える。僕の理想はそこにある。その第一歩がここにある以上、僕は妥協したくないし、思いを同じくする仲間を増やしたい」

強い思いが感じられる、口調だった。

「僕に賛同してくれないか、橋場(はしば)くん」

茉平(まつひら)さんが一歩、僕の方へ歩み寄った。

あの場で、僕が声を上げたこと。それは間違いではなかったと思う。

組織の事情で、納期や条件が変わることなんてあり得る話だし、それを理由にすべての企画をやめてしまうのは、関わってきた人への不義理に繋がる。

ましてや、茉平さんの言うように、対立する行為そのものに思想的なものが大きく関わっていたのだとしたら。

それは、不誠実ではないかという疑問だった。

(でも、茉平さんはこれまでの慣習から変えようとしている)

僕が常識だと思っていたこと、許容範囲だと思っていたこと。

それらすべてが、クリエイターの条件としてふさわしくないことであると、茉平さんは言っているのだ。上からの押しつけで、制作の人間を痛めつけるこの誤った常識を、根っこから変えてやろう、と。

頭に思い浮かんだのは、優くんの言葉だった。

家族を助けて欲しいという、切実な願い。僕はそれをかなえると言った。

今、目の前にいる人は、システムから、その願いをかなえようとしている。僕とさして変わらない年齢であるにもかかわらず、だ。

深呼吸をして、そして思いを決めた。

「わかりました。僕の意見は撤回します。茉平さんを……支持します」

この人は、信じられる。信じるべき思想がある。

僕の言葉に、茉平さんは晴れやかな笑顔を見せて、

「ありがとう、君ならわかってくれると信じていたよ」

そして、僕に手を伸ばしてきた。

その手を握ると、彼は上から重ねるようにもう1つの手を合わせた。

「まかせてくれ。上にはしっかり筋を通してくる。君には絶対に迷惑をかけないようにするから、安心して働いてくれ」

「はいっ……」

胸が熱くなる思いだった。

そうだ、僕はクリエイターである以前に、会社にいるんだ。

その環境を変えていかなくては、僕の企画も成り立たないかもしれないのだから。

◇

茉平さんの企画は、その後、改めて彼から開発部員に説明がなされ、企画中止を基本線にして上層部に戻すという方針になった。僕も賛成したことで、全体の意見は大きく茉平さん支持へと移った。

なおも反論があったものの、茉平さんはそのどれもに丁寧な説明をし、完全に反対意見

がなくなってから、総意として戻したのだった。

通常の業務もある傍らで、とんでもないエネルギーだと思った。

(本当に、すごい人だ)

僕は改めて、茉平さんに尊敬の念を抱いた。

「パイセン、茉平さん、もう企画のことあきらめちゃったんでしょうか？」

竹那珂(たけなか)さんも、気になる様子でそんなことを聞いてきた。

「どうなんだろうね。作っているときは思い入れがあったはずだけど、今はもう、何もなかったかのように働いてるし……」

実際、普段の業務の上では、あの会議室の一件が嘘(うそ)かと思うぐらいに、茉平さんは以前と同様の振る舞いに戻っていた。

「だとしたら、すごいですよねえ」

感嘆する竹那珂さんの横で、僕はちょっと、茉平さんのことが気になっていた。

本当に、これで良かったんだろうか。

そして、彼は心の奥底で何を考えているんだろうか。

(知ってるのはたぶん、あの人だけなんだよな)

ちょうど昼休みになった。僕は堀井(ほりい)部長の座っている席へ行き、ランチでもどうですかと話しかけた。

めずらしいこともあるものだね、と言いながら、堀井さんは快く付き合ってくれた。

そして、堀井さんに直接確認したところ、

「難しい話だね。正直、ここでは答えられないこともあるかな」

「そう、ですか……」

やはりというか、茉平さんが何を思ってこんなことを考えたかについては、ほとんど教えてもらえなかった。

「この業種の働き方についてはね……彼は思うところがあるから、仕方ないんだよ」

ただ、やはり何かしらの理由があるのは間違いなかった。

「でも、それを聞くことは……できないんですよね？」

「プライベートなことなんだよ。だから僕の口からは言えない」

そう言って、首を横に振った。

「でも必要になったら、彼の方から話してくれると思うよ。だって」

堀井さんはニコッと笑うと、

「茉平くん、相当、君のことを買ってるみたいだからね。そのうちにまた、彼の方から話しかけてくるんじゃないかな」

「そ、そうなんですか」

「ああ。橋場くんには、人を引きつける力があって、僕にはそれがないから、とてもうらやましい、って。働きぶりにも、高く評価してるんだよ」

それもまた、驚くべきことだった。

あんな優秀な人が、僕にそんな感情を抱いているなんて。それだけでも自信になるし、プレッシャーにもなった。

「……だからこそ、橋場くんにお願いしたいことがある」

「なん、でしょうか？」

堀井さんは、さみしげな顔で、

「茉平くんは、孤独です。だからこれから先も、どうか仲良くしてあげてください」

「…………っ」

茉平さんの置かれている立場、そしてその思想。

改めて考えるまでもなく、それは孤独に違いなかった。

それなのに、茉平さんは改革をやろうとしていた。さらに孤独が極まるだけかもしれないのに、譲ろうとしなかった。

ブラック企業で働いていたとき、僕には味方がいなかった。業務改善、作品のクオリティアップをいくら唱えても、社長は聞く耳を持たなかったし、同僚たちはもう諦めていて、懸命に話をする僕を冷笑するばかりだった。

1人で戦うというのは、あまりにつらいんだ。

だから、茉平さんがつらいことも、理解している。

(僕なんかでも、あんなすごい人の力になれるんだろうか)

クリエイティブのこと、仕事のこと。すべてにおいて、10年の差があっても追いつける気がしなかった。

だけど、そんな僕を買ってくれるのならば。

「わかりました。僕で良ければ……ですが」

思いには応えようと、思った。

「ありがとう。君でなくちゃ、いけないんだよ」

堀井さんはそう言ってうなずいてくれた。

◇

その日も業務を終えて、僕と竹那珂さんは、帰り道を歩いていた。

「今日もお疲れ様。竹那珂さんががんばってくれたおかげで、進捗もいいね」

「まじっすか!? え、めっちゃうれしいです! 今日は帰ったらこっそり1人で祝杯にします! コーラで!!」

竹那珂さんは、その場でクルクルと回って喜んでいた。

お世辞でもなんでもなく、ミニゲーム開発は竹那珂さんのおかげでもっているようなところがあった。

リソースと資金の問題で外注できない絵素材を、彼女はすごいスピードで次々と仕上げていた。数人分の働きと言っても過言ではない。

アーティストとしてはともかく、間違いなく彼女は食いっぱぐれがないはずだ。そう思うぐらい、全方位に能力の高い子だった。

（逸材だよな、間違いなく）

僕が中途半端にできることを、この子はすべてにおいて、高レベルで塗り替えていく。

加納先生が、彼女を僕に紹介した理由が、改めて身に染みていた。

でも、茉平さんとの話を思い出すと、彼女のような特別な存在を当たり前にしないことこそが、ゲーム制作の現場を変えるのに必要なのだろうな、とも思えた。

彼女が欠けたらプロジェクトは破綻する、そういう作り方をいつまでもしていては、いつまでも前時代的な業界のままなのだろう。

「ね、ね、パイセンは、タケナカと作品作ってて、おもしろいですか？」

竹那珂さんは、急に小さな声になってそう尋ねてきた。

「え、急にどうしたの」

「いやほら〜、今やってることって、もちろん好きでやってる部分もありますけど、基本的には会社からの命令っていうか、業務でやってるわけじゃないですか」

もちろん、その通りだ。

「でもパイセンは、自分で考えたネタを、自分の選んだ人たちとこれまで作ってきたわけで、そういう企画と比べて、どうなのかな〜って。単なる興味っす!!」

なるほどね。たしかに、ちょっと不安というか、どう思ってるかってのはわかるな。

「もちろん、おもしろいよ」

嘘偽り(うそいつわ)のない言葉だった。

「タケナカさんはアイデアがあるし、僕が考えたこと、指示したことに対して、ここはこうしよう、ああしようって考え直した上で出してくれるから、次はどういうことを考えてくるのかなって楽しみが、常にあるんだよ」

彼女の方を見て、大きくうなずく。

「やってることは仕事だけど、やりたいことなんだ、僕にとっては」

僕の言葉に、タケナカさんは嬉(うれ)しそうに反応した。

「そうですかあ、それはめっちゃ良かったっす!」

両手を広げて、ピョンと小さく飛んだあとで、

「なんかでも、タケナカはちょっとさみしいんですよね」

続けて、妙にしんみりした口調で、そんなことを言い出した。

「んー、今こうやって、パイセンと仕事できてるのはめっっっちゃくちゃ幸せなんすけど、なんかぜんぶここだけで収まるっていうか、何をするにしても広がらないんすよ」

そして、クルッとこちらを振り返って、ニカッと笑った。

「ね、パイセン。やっぱりわたし、何か企画やりたいっす！」

「そうくるだろうなって思った」

でも、僕もどこかでそう思っていた。

彼女ぐらいの才能を、こういう便利屋的なところで使うのは、あまりにももったいなかった。もっと大きな、しっかりとした舞台を用意してあげたい。

だけど、今の僕には、そんな力がない。

「ごめんね、僕がもっと権力とかお金があったらよかったんだけど」

情けない言葉だけど、動かしがたい事実でもあった。

自分のエゴを通すこともできず、主張もどこか一貫せず。

人より経験値を持ってる割には、それを活かしきれていない。

それが、今の僕だ。

茉平さんのように思想を持っているわけでもなく、かといってストイックに創作に打ち込んでいるわけでもない。

ちょっとしょんぼり気味に言うと、竹那珂さんは驚いたような顔をした。

「えっ、そんな待ってくださいタケナカ、別に今すぐパイセンに巨大プロジェクトを立ち上げてくださいなんて、思ってないですよ!!」

「え、そうなの？」

てっきり、求められているのはそれかなと思っていた。

「そりゃまあ、あるんなら乗っかりたいですけど、パイセンだって大学生ですからね。今すぐなんて無理なのはわかってますって。でも……」

「でも？」

竹那珂さんは、いきなり僕に近づいてくると、

「新しい、やりたい企画は、いつだって立てられるじゃないですか！」

元気よく、そんなことを言ってきた。

「えっ、企画、まあ、そうだけど」

たしかに、実現するかはともかくとして、企画を立てるだけならいつだって可能だ。

「ミニゲームの開発もだいぶ先が見えてきましたし、時間もできるじゃないですか。だから、合間に考えましょうよ、パイセンと、キラキラした先輩たちの企画！」

そうか、たしかにそうだ。

シノアキのことや茉平さんとの話でトーンダウンしたところはあったけれど、これから

先のことを考えたら、企画を練っておくのは何も悪いことじゃない。

漠然としたプロデュースの思想だけじゃなくて、いずれみんなで作る企画を。それこそ、僕が何を作りたいのかという意思表示を。

今だからこそ、やることに意味がある。

「ありがとう、竹那珂さんのおかげで、やりたいことができた」

「わ！　またパイセンにお礼言われちゃいました！　タケナカ、今日どんだけハッピーなんすかね!!」

また目の前で回り始めた、才能あふれる後輩を前にして。

僕は企画の構想を、ゆっくりと考えていくことにした。

◆

管理職になんてなるものじゃない。

加納（かのう）くんと会って話をすると、必ずといっていい程その話になる。

元々、開発がやりたくてゲーム会社に入ったのに、ここ最近やることと言えば、スケジュール表と向き合い、予算表をにらみつけ、あとは電話とメールを繰り返すだけだ。肝心の開発業務なんて、定時が過ぎてから始める始末だ。

それに、会社に入ったときから、管理職のつらさは痛いほどわかっていた。自分がただの一兵卒だったときに、尊敬する上司が心をすり減らすのを見て、これだけはなるまいと思っていた。

思っていたはずなのに、いざその本人から、「次は頼む」と言われたら、断ることができなかった。

でも、とはいえ開発職の管理業務はそれなりに楽しくはあった。自分で開発の前線に立てないのはさみしかったけど、代わりに優秀な同僚や部下たちが、いいものを作ってくれた。その土台作りをやれたのは、充分に意義があった。

だけど、今。

僕は改めて、管理職なんてものになるんじゃなかったと、後悔をしていた。

「社長」

目の前にいるのは、元、尊敬していた上司だ。

夜の社長室。呼び出され、その元上司である社長の前に、立たされていた。いや、立ち尽くしていたという表現の方がふさわしいかもしれない。

それぐらい、言い渡された事実はつらいものだった。

「それでは、決めたことについては覆す気はないと仰るんですね？」

確認のために行った言葉が、震えているのに気づいた。

社長は、椅子をこちらに向け、以前と違って鋭さを増した目で、僕を射貫いた。

「康のやっている馬鹿げたことをやめさせろ。私が言いたいのはそれだけだ」

「そうしなければ、企画のトップの首をすげ替え、康くんを追放する、と」

返事はなかった。それこそが、何よりも雄弁な回答だった。

「どうして、こんなことになったか、社長はおわかりなんですか？」

「わからんよ、あいつの考えることなんてな」

「いや、あなたはわかっているはずです。わかっていないフリをしているだけです！」

声を荒らげてしまった。なるべく冷静に話すつもりだったのに、どうしてもこのことになると、口調がきつくなってしまう。

それぐらい、僕、いや、僕たちにとって大切なものだったから。

「開発は……疲弊しています」

皆の顔を思い浮かべた。楽しげな顔もあるが、そのどれもが、悩み、悲しみ、そして何よりも疲れ切っていた。

「康くんもそれがわかっているから、あの企画案を出したんですし、押さえつけられるように期間の短縮を言い渡されたから、拒絶したんです。そんなことぐらい、社長もわかっていらっしゃるはずです」


「堀井、くどいぞ」

社長は鼻で笑うと、

「あいつは甘いんだよ。労働環境だなんだと、どこかで覚えてきた生兵法を持ち出してきて、これが理想だなどと抜かしおる。現実感のない、机上の空論だ。考慮する意味はどこにもない」

「そんな……」

言葉をなくすと、社長はたたみかけるように言った。

「ここは私の会社だ。私のやり方が気に食わないのなら、余所に行って仕事をすればいい。お前だろうが、康だろうが、同じことだ」

これがかつて、僕と共に苦労して涙を流した上司だろうか。

あの経験があるからこそ、話せば何かが変わるかもしれない。そう思って、ここに乗り込んだ。だけどその賭けは、どうやら失敗だったようだ。

「社長は……変わりましたね」

拳を握りしめる。

ギリギリと音を立て、骨がきしむのがわかった。

「あの人がいなくなってから、あなたは変わりました。僕らのことを、亡霊に縛られていると仰いますが、それはあなたの方でしょう！」

「口が過ぎるぞ、堀井。自分の立場を考えろ」

グッと、言葉を呑み込む。

「康に伝えておけ。許して欲しいのなら、私のところへ来て土下座して詫びろと。そして二度と生意気な口を利くなと。この2つができないのなら、私が直接、あいつに引導を渡しにいくとな」

本当に、管理職になんてなるんじゃなかった。

（康くん……ごめん。僕にできるのは、これでもう限界みたいだ）

12月になり、シェアハウスの生活には2つの変化が訪れていた。

まずは貫之。懸案だったプロット作成の苦手を払拭し、意欲的に執筆活動を行っていく方針を立てた。

その結果、ラノベの刊行ペースを速めた。これまでは学業との両立を考えて、4ヶ月に1冊のペースだったものを、3ヶ月に1冊のペースへと変更した。

この1ヶ月の差は大きい。執筆のペースはもちろん上げなければいけないし、編集さんにも、イラストレーターさんにも、そして当然、著者本人への負担がかかる。

それでも貫之は、決断した。

僕のような外野の人間が言えることでもないけど、貫之の選んだ道は、将来的に見ていい経験になるんじゃないかって思う。

そしてシノアキは、新しいペースでの仕事に慣れつつあった。

「じゃあ恭也くん、これで送るね」

朝、シノアキの部屋。彼女が指さした先の画面には、担当するラノベの特典用イラストが並んでいた。

「うん、いいよ」

シノアキはうなずくと、ファイルをアップしたアドレスを付けて、担当編集者にメールを送った。これで、この巻の作業はすべて完了した。

「お疲れさま！　よくがんばったね、シノアキ」

声をかけると、シノアキは「んーっ」と身体を伸ばしながら、

「でも、全然平気やったよ。恭也くんが無理のない予定を組んでくれたからやね」

「いや、それをちゃんと守れたのがえらいよ」

シノアキには、新しいスケジュールと仕事のやり方をお願いしていた。

イラスト制作の、ラフから完成までの工程をいくつかに分け、その時間内でできることをやる、という形に移行した。これを決めておくと、発注側も納期を読みやすくなるし、スケジュールを組む際にも目処がつけやすくなる。

そして、シノアキはきちんとそれを守った。

「じゃ、次の巻まではしばらくお休みだね。また近づいたら声をかけるから、それまではシノアキもゆっくりしているといいよ」

「不思議やね～。今までやったら、どこまで時間が延びるかって話ばかりしとったのに、今は時間があまってるんやもんね」

そう言って、彼女はクスクスと笑った。

「こうやって時間ができてくれば、資料を見たり勉強する時間も増えるから、今後はそういうのに充てていくといいかもね」

「うん、見たかったものとかたくさんあるしね」

これからやっていくことをまとめて、シノアキはひとまず眠ることになった。おやすみ、と声をかけて部屋を出て行こうとした僕に、

「恭也くん」

不意に、呼び止められた。

「どうしたの？」

「ううん、特に何かってことはないんやけど……色々、ありがとね」

僕は不意な感謝の言葉に驚きながらも、

「何言ってるの、僕はシノアキの作品を見たいんだから、これぐらい全然だよ」

「恭也くんはいつもそうやね～」

互いに笑いつつ、それじゃと言って僕は部屋を出た。ドアを閉めて、息をついて、そっと小さな声で独りごちる。

「よかった。なんとか……なりそうだな」

最初は懸念していた、イラストのレベルについて。今日仕上がった物を見た感じでは、クオリティ面でのラインは突破できたようだった。

彼女の絵の良さは構図や表情だけじゃない。塗りも効果も含めると、一気にその特異性は増すし、彼女らしい絵へと変わる。

商品には時間的制約がある。その中をどうやりくりし、形にしていけるかで、商業での仕事ができるかどうかの境目になる。

ご家族の、仁さんと優くんの思いを含め、適正なやり方を模索した結果が、ここにまとまったんだ。まだ及ばないところがあったとしても、続けていくことでプラスになっていく未来は、きっとあるはずだ。

シノアキは、しっかりとやってくれている。

仕事は遅延したりすることがまったくなくなった。編集さんも素直に喜んでおり、このペースでいただけるなら、編集部の他の人間にも積極的にお勧めします、とまで言ってもらえていた。

今後、工程が浸透していけば、依頼は自然と増えてくるはずだ。

「そうだよ、仕事でやっていくことが、何より大切なんだし」

茉平さんの言っていた言葉を思い出し、そして周りの人たちの想いを振り返る。

僕らは作り手であるのと同時に、生きて日常を過ごしている1人の人間でもある。その点を忘れてしまえば、次第に人としての生活を失っていく。

僕は気づけたんだ。シノアキもそれを理解したから、納得して今のようなスタイルへと変更することができた。

ならば、ここからやることはもう決まっている。このやり方で、シノアキをどうやって売っていくかだ。

「難しいけど、やっていかなきゃな」

まだ、提案できることはあるはずだ。それをしっかり、考えていこう。

◇

数日後。シェアハウスの居間では、貫之がいそいそと支度をしている最中だった。

「よし、じゃあちょっと行ってくるな」

彼は小さめの旅行カバンを抱えると、僕らに手を振った。

「うん、気をつけて。いい話ができるといいね」

「だな。イラストの先生とも、仲良くなってくるよ」

ドアが閉まって、軽快な足音が次第に小さくなっていった。

「……なんかあいつも、段々と先生って感じになってきたね」

ふう、とため息をつきつつも、ナナコはちょっと嬉しそうだった。

出版のペースを速める決断をしてすぐに、貫之は東京へと呼ばれることになった。

編集さんの計らいで、イラスト担当の先生と、一度しっかり話をしましょう、とのことだった。これからより多くの負担をかけることについて、きちんと著者の側からもあいさつが必要でしょう、という説明を受けたらしい。すごく、いいことだと思った。

今はまだ、授業もあるので大阪に拠点を置いているけれど、４回生、そして卒業となると、貫之は首都圏に戻るのではないかと僕は思っていた。

元々、埼玉で生まれ育っているし、出版関係の会社は東京に集中しているから不思議でもなんでもないんだけど、少しだけ、さみしいように思ったのもたしかだった。

一瞬、姿が戻ったように思っていたシェアハウスの日常。

だけどまた、みんなの変化によって、その形が変わりつつあった。

「貫之くん、がんばっとるね〜。わたしも負けんようにやらんと……ふあぁ」

小さなあくびのあと、シノアキは「それじゃあね」と言って立ち上がり、そのまま２階の自分の部屋へと戻っていった。仕事が一段落したこともあって、溜めてあったマンガや画集を読みあさって寝不足になっているらしかった。

その姿を、僕とナナコは手をひらひらと振って見送った。

「はーっ、そしてあたしはまた残される、だ」

ナナコは大の字になって寝転がると、不満そうに頬を膨らませた。

「何言ってるんだ、ナナコはもう立派なアーティストだよ」

僕が直接関与しなくなって以降、ナナコは以前の引っ込み思案が嘘のように、精力的に活動をするようになっていた。

歌ってみた動画の積極的な投稿、コラボの充実、その上で、顔出しやメディア露出を避けるという方法がうまくいって、彼女の潜在的な知名度は上がり続けていた。

たぶん、ナナコはプロデュースがどうこうってことまで考えていないのだろうけど、結果としてそれがいい方へとつながっていて、天性のスターってこういうことなのかなと感心するばかりだった。

だけど、当の本人はと言えば、

「アーティストかあ……でも、そう呼んでもらえるには、まだ足りないものが確実にあるんだもん」

褒められたのに、あまり納得のいかない様子だった。

「わかるよ、それは」

僕も、彼女の悩みについてはよく理解していた。

オリジナル曲。歌ってみたで注目されている彼女にとって、自分だけの曲というのは、まだ圧倒的に数が足りなかった。

「ね、恭也。どうやったら、オリジナル曲って増えると思う?」

「それは……作ったら増えるんじゃないかな」

あまりに当然のことを言って、ナナコがまた膨れてしまった。

「もー、だからその作る理由っていうかさ、そういうのってどうしたらいいのかなってことよ」

そう、今のナナコには、オリジナル曲を作る理由がなかった。

ハルそらの曲も、動画対決で作った曲も、僕がその企画を立てて、それ用に発注をした曲だ。詳細なイメージと、サンプル曲を添えた上での発注だったから、彼女にとっても比較的作りやすかったのではと思っている。

だけど今は、オリジナル曲が欲しい、という漠然とした理由しかない。音楽をまだ仕事にしているわけじゃないナナコにとって、その理由探しから始める必要があった。

「恭也は今、何をしてるの？」

「んー、特には何も。バイト先で動いてる仕事の状況整理かなあ」

作ろうと決めた企画については、まだほとんど形になっていなかった。なにしろ、まだ行く先も決めていないものだ。みんなで作るものにする、というぐらいしか定まっていない企画が、こんな一瞬で組み上がったら苦労はしない。

ナナコに話をするのは、まだ先にしようと思った。今から話をしてしまうと、どうしても彼女の創作に影響を与えかねないし、それこそ今は、ナナコの自主性から生み出される物を大切にしたかった。

（まあ、でも）

チラッと、ナナコの方を見る。

相変わらず、曲のネタが出ないことに苦しんでいるようだった。

（何か、きっかけを与えられるようなことぐらい、あってもいいよな）

ちょうど僕も、最近重たい話が続いたこともあって、気分転換をしたい思いだった。

大学近辺は見事なまでに田舎だし、街に出てみるのもいいかもしれない。

そう思って、ナナコに声をかけた。

「ナナコさ、今日って、暇あったりする？」

彼女はジト目で僕をにらむと、

「恭也のいじわる、わかるでしょ、この通りなんだから」

たしかに、こたつに寝そべってお茶飲んでる様子は、多忙には見えない。

「ちょっと、市場調査というか、最近流行っているものでも観ようかなって思ってさ。映画でも観に行こうかなって思ったんだけど、よかったらどうかな、って……」

まだ言葉の途中だったのだけど、ナナコはすごい勢いで跳ね起きて、

「え、今から？　すぐ？」

「う、うん……そのつもりで言ったけど」

答えると、彼女は自分の顔や格好を瞬時に確認して、

「ごめん、１時間待って。できることとしてくるから！」

「は、はい」

言うが早いか、そのまま全速力で風呂場へと飛び込んでいった。

詳細は不明だが、行く気なのはよくわかった。

「ま、いいや。河瀬川にも電話しよ」

元々、河瀬川に電話して行こうと思っていた。あの大の映画好きなら、きっといろんな視点から意見を言うだろうから、ぜひ参考にしようという意図だった。

なので、連絡を取り、今のところの経緯を説明したところ、

「はぁ〰〰〰っ……」

なぜかものすごい勢いでため息をつかれて、

「えっ、あの、なに？」

僕の問い返した声に対して、

「まあ今さら、貴方の鈍感さとかナチュラルボーンの惑わせ属性とか何もしてないのに勝手に相手が壊れたとか、そういうことに対して文句を言うつもりは、もうまるっきりないんだけど」

「だから何なの……」

「でもね！　もういい加減に学習したら！　ナナコがそんな様子で準備してるとこに、わ

たしがノコノコと、はーい、映画観に来ました～楽しみ～って行けるわけないでしょ！　ほんっと少しは考えて！」

そこまで言って電話が切られてしまった。河瀬川にしてはめずらしく、しっかりめに怒っていた。

「いったい何だよ、別にデートとかじゃな……」

本当に馬鹿極まりないことに。

そこまで言って初めて、ナナコが何を準備して、何を思ったのか、そして河瀬川が何に対して怒ったのか、僕はわかったのだった。

一気に冷や汗が噴き出してきた。

「僕、そのうちにとんでもない地雷を踏みそうだ」

しばらく、シノアキのことで気がいっぱいで、わからなかったけど。

実はもう、けっこうな地雷原の中にいるのだということが、よくわかった。

「とりあえず、２階で待ってよ……」

ナナコが『準備』を終えるまで、せめておとなしくしていることにした。

◇

　河瀬川の予想通り、というか馬鹿な僕以外がみんな予想した通り、ナナコはめちゃくちゃ気合いを入れて『準備』をしてきた。

「お待たせ！　じゃあ行こっか！」

「う、うんっ」

　あまりにキラキラした様子に、僕は素直に圧倒されながらも、田んぼの中を走るバスに乗って、慣れ親しんだ近鉄の駅を目指した。

　運良く、ちょうど電車が来たところで、僕らは駆け足でそれに乗り込んだ。到着時間を確認しながら、携帯で上映情報などを確認すると、

「あれ？　こないだまでやってたペクサーの新作、もう終わってるんだ」

「ほんとだ、ちょっと候補に考えてたのにな」

　高精細なCGが話題で、いつか見ようと思っていた作品だった。

「その他は……あんまりこれってのが見つからないね」

　ナナコの好きそうな、しっかりと見せ場のある感じの映画は、たしかに今ちょうど不作っぽかった。

「うーん……何か他にあるかなあ」

　ポチポチと上映館を変更して、気になるタイトルがないか探していく。

　メジャーどころはすでに観たか、もしくはあまり興味をそそられないものばかりで、逆

に単館系は、目は引くのだけれどニッチな感じがして決め手に欠ける感じだった。

　それでもなお探していったところ、

「あっ」

　運命めいた、とまでは言わないけれど、ちょうど目にとまった先にあった作品は、

「これ、ちょっと観てみたいかな」

　奇しくも、時間をテーマにした作品だった。

　ナナコも横から携帯をのぞきこんで、

「タイムスリップした男性が、それまでの経験を活かしてよりよく生きるために奮闘する姿を描いた感動作……か。ちょっと地味じゃない？」

「そ、そんなことないよ、結構派手なこともあると思うよ……たぶん」

　自分のことを言われているような気がして、つい擁護してしまった。

「じゃ、これにしよっか！　えっと、次の上映時間は……」

　思ったよりあっさりとナナコも同意してくれて、僕らの観る映画が決まった。

　大阪阿部野橋駅について、あべのシネマまで歩く。大芸大の学生にとって、この映画館は電車で行けるところとしては最もポピュラーな場所だ。僕も何度も利用しているけど、こうやって女子と2人で行くのは初めてのことだ。

　定番のポップコーンとドリンクを買って、並びの席に座る。ちょうど空いている時間

だったのか、客入りはまばらという感じだった。

「ね、恭也。あんまお客さん、入ってなくない？」

こそっと、小さな声でナナコが聞いてくる。

「うん……そこまで人気作じゃないのかな」

ネタバレを見てしまいそうなので、口コミなどは一切チェックしていなかった。

「ま、でもいっか。ゆったり観られそうだし、ね」

「だね」

映画館というところは、どうしても運がついて回る。マナーのいいお客さんばかりならいいのだけれど、そうじゃないと映画に集中できなくなってしまう。

その点今回は、僕たちのすぐ周りに誰もいないので、安心して観ることができそうだ。

（ちょっと、別の意味で緊張しそうだけど）

チラッと横を見る。

「たのしみだね～。映画、ひさしぶりだな」

しっかり準備してきただけあって、ナナコはいつも以上にかわいかった。

本人の名誉のために言うけれど、ナナコは普通に家でのんびりしてるときでも、見とれるぐらいにかわいい。そんな子が本気でおしゃれをしてくるのだから、こっちとしては当然、意識はしてしまう。

変に自虐が過ぎると失礼なのはわかってるけど、こんなにかわいい子が僕のことを好きでいてくれること、何かの間違いではっていつも思う。

「あ、も、もう始まるね」

「お、じゃああたし切っとこ、携帯」

劇場の照明が落とされて、本編が始まった。

事前の情報であった通り、作品は時間の巻戻りとやり直しがテーマで、そこに主人公とヒロインの恋愛が絡んで……といったものだった。

わかりやすいエンタメにしたかったのか、観ている感じではラブロマンスの方がメインで扱われていて、観たかったやり直し要素の部分は、そこまで軸になっていなかった。

だけど、実際に時間を巻き戻して生きている僕にとっては、おもしろい部分はたくさんあった。

特に興味深かったのが、過去に持ち込んでいる記憶の部分だった。

主人公の男性は、たとえば天災や競馬の結果など、過去に持って行くことで大きく何かを変えられる部分の記憶を、そのまま持ち続けていた。

それゆえに多くの収入を得たり、逆に仇となってトラブルにもなったりするのだけど、

（そういや、僕にはその手の記憶って何も残ってないや）

改めて考えることでもなかったのだけど、僕が今の２００８年に持って来ている記憶は、自分の経験してきた個人的な体験と、エンタメ周りの流れ、そして知っていても何かに影響しない程度の雑学、ぐらいだった。

当然、天災やギャンブルにまつわることは何も覚えておらず、そういうニュースが流れるのを見て初めて、「そういえばこんなこともあった」と思い出すぐらいだった。

その情報の制限に、何があるのかなんてわからないけれど。

（何かあるのかもしれないな、その辺のことで）

貫之（つらゆき）の挫折と、それにともなう未来への送還。

たぶんそこに何かあったんだろうと思うけど、今はもう、そのキーになる記憶だけがすっぽりと抜け落ちていた。

おそらくは、その記憶が必要になったときに、フッと戻ってくるんだろうと思う。

映画は、クライマックスに近づいていた。

主人公がやり直しをした世界で、あまり何かを変えることはできなかったけれど、ヒロインとの絆（きずな）はしっかりと結ばれていたという、ありがちではあるけれど、きれいな終わり方だった。

「うう～よかったねえ……ぐしゅっ」

隣を見ると、ナナコはちゃんと感動していたようだった。

（時間の関係することって、ドラマチックだよなあ）

自分が今、まさにその渦中にいるにもかかわらず、僕はどこか他人事のように、目の前のドラマに見入っていた。

映画が終わって、僕らは近くにあるカフェに入り、感想会をすることになった。

「おもしろかった～！　地味とか言っちゃってほんとごめんって感じ。最後の方、普通に泣いちゃった～」

ナナコはしっかり、値段分を楽しんだ感じだった。

「うん、ああいうテーマっていいよね。自分がやり直しをしたらどうなるかなとか、考えたくなっちゃうし」

僕も素直に楽しめたので、ナナコに同意した。もっとも、僕の事情を知ってる人が見たら、なにをぬけぬけとって思われそうなコメントだけど。

ナナコは嬉しそうに、ドリンクのストローをもてあそびながら、

「あたし、ちょっと作ってみたい曲、できた」

そんなことを、言い出した。

「なんかさ、今あたしがやってることって、もちろん1回きりの人生なんだけど、これがどこかで何かやった後のやり直しかもって思ったら、おもしろいなって思ってね」

「へえ……おもしろいじゃん」

まさに並行世界的なことを、ナナコは話していた。

「不思議な感覚があってね。あたしは今こうやって、曲も作って恭也(きょうや)とも色々話もしてるんだけど、ずっと実家の方にこもりきりのあたしが、夢に出てくるときがあるの」

ちょっと、ドキッとした。

それに近い存在を、僕はあの未来で見ていたから。

「でも、そっちでも全然歌とか大好きでね。悲しいとかじゃないんだ。ただ、置かれてる状況とか、幸せの質っていうのかな、そういうのが違うだけで。だから、そういうたくさんいるあたしを、歌にしてみたいなって」

嬉しくなった。

ナナコはもう、自分から何かを生み出せる人になっていた。

昔は、世界観とか設定とかいう話になると、ずっと首をひねったままだったのに、今は意欲的に、自分の世界を表現しようと考えている。

本当の意味で、彼女もまた、独り立ちしたんだなって思った。

（いや、これって、逆のパターンもあるんじゃないか？）

これまで僕は、自分の立てた企画に、みんなの要素を当てはめていた。

だけど今は、ナナコも貫之も、自分の世界を築き始めている。

「あのさ、ナナコ」

「ん〜？」

まっすぐな目を、ナナコはこちらへ向ける。

ほんと、自信に満ちた顔になったよなって思う。

「提案なんだけど、ナナコの作った曲をさ、ふくらませて物語にしていくとか……おもしろいと思わない？」

「あ……」

ナナコが、何かに気づいたような顔をした。

「だから、まずはナナコが好きに曲を作ってさ、それを元に貫之が世界を膨らませていって、さらにシノアキや斎川が絵にして表現していく……」

自分で言っていても、テンションの上がる話だった。

「そういうの、最高だっておもわな、わわっ！」

最後まで言おうとする前に、ナナコが僕の手をがっしりとつかんで、

「もー、やっぱ恭也って天才!!　それめっちゃいい！　やろうよ、あたしがんばって曲作る!!」

「うん、それじゃ、決まりだ」

ナナコの作るものへのヒントになって、よかった。

「あれ、でもそれって、恭也はどうするの？」

「えっ？　あ、僕は、えーと……」

みんなの自主性を高めるために考えたことだけに、僕がどう関わるのかまでは考えていなかった。というか、なるべくなら姿を消していきたいぐらいだ。

「ま、恭也はいつも通り、みんなをガッチリとサポートしてくれるもんね！」

「う、うん、そうだよ、そうそう」

そうだ、僕はそうあるべきなんだ。

あくまでもみんなが主体になって作ったものの、その支えになるんだ。

（難しい企画になりそうだ）

具体的な目的が見えているものではなく、クリエイターを立たせる目的で作る企画。それがいかにハードルが高いか、改めて思い知った。

「あたしね」

ナナコはふと、静かに口を開いた。

「何かを作るのって大変なことだけど、でもやっぱり、精一杯やらないといけないって、すごく思うようになったんだ」

「どうして、そう思うようになったの？」

彼女は、少しさみしそうな顔で、

「ちょっと前にね。昔実家の方でお世話になってた人、亡くなったんだ。まだ若かったのに、急なことでね」

そんなことが、ナナコの周りであったのか。

「それでね、やりたいなって思うことを我慢したり、手加減してやってても、それって何の意味もないなってわかったの。せっかく、何かを作るチャンスをもらってるんだから、全力で取り組まないとって思うようになったんだ。だから、オリジナルで曲が作れなくて、すごく悔しかった」

ナナコの顔が、晴れやかな笑顔になった。

「自分に嘘つくの、もう嫌だもん」

一瞬、その笑顔に、シノアキの顔が重なった。

（……えっ？）

どうしてだろう、という問いは、すぐにその理由に思い当たった。

「そうだね、懸命にやらないと、ね」

「そうそう！　命かけてやってますってやつ!!」

軽く言うけれど、ナナコが本当にずっと苦しみながら、そして心から楽しみながら、曲を作っているのを僕は知っている。

クリエイターって、工場のラインに乗せて、自動的に作品を作れるものじゃない。

（1個しかない命と、人生なんだよな）

通りを歩いている人たちと、通り過ぎていく車の群れを見ながら、思う。

それぞれにできることを、できる限りやらなきゃ、何も生まれない。

何かを懸けなければ、何かを感じさせることはできない。

（でもそれって、茉平さんの考えとは……）

大きな矛盾と、そしてそれにあらがおうとする熱量と。

何か言いようのないものが、身体の奥底から湧き上がってくるのを感じていた。

結局、ナナコとは駅で別行動をすることになった。

「あたし、ちょっと色々なとこ回ってみるね。曲作るのに、いいなって思うものを集めてこようかなって！」

浮き立つ思いを抱えた彼女が、このまま新作のために見て回りたくなったからだった。

もちろん、止めるようなこともなく、僕は笑顔でナナコを見送り、近鉄に乗ってシェアハウスへの道を戻っていった。

電車に揺られながら、僕はさっきの会話を思い出していた。ナナコの成長が純粋に嬉しかった。ついに彼女は、世界を作ることを意識し始めた。それが上手くいけば、きっと彼女はオリジナル曲の制作に、迷うことは少なくなるはずだ。

「貫之もナナコも、もう心配ない……よな」

その言葉は、裏返せば残る要素への心配を意味していた。

でも、僕はまだ理解していなかった。あまりに漠然としすぎていて、それが単なる未知のことへの不安としか感じられていなかったからだ。

シノアキはきちんと仕事をしている。一時はその内容に不安を覚えたこともあったけれど、その後、彼女はきちんとクオリティを上げていった。たしかにかけた時間は減っているけれど、それでもこの変化は必要なものだった。

家族のため、そして本人のため。

何度もつぶやいたその言葉を反芻していると、バイブコールにしていた携帯が、急に震えた。着信かと思ったら、

「あれ？　メールだ」

新規のメールだった。しかもショートメッセージではなく、普通のＰＣメールからの転送メッセージだった。

誰からだろう。シノアキの編集さんである可能性はある。仕事関連のメールはさすがに外出していてもチェックしたいからと、転送の設定を入れてあった。でもそれ以外となると、思い当たる節がなかった。

しかし、メールの送り主は、予想外に見知った人物だった。

「斎川(さいかわ)からだ」

彼女がメールで連絡してくることはめずらしかった。大体において、それは電話か携帯メールであることがほとんどで、こういうかしこまった体裁は、それこそ仕事をしているときぐらいしかあり得ないことだった。

「何の用事だろ」

メールの本文を読む。

内容は簡素だった。アキさんとお話ししたいことがあるので、そこに付き添っていただけませんか、というものだった。

日程と時間が記されていて、候補を挙げてくださいと添えられている。極めて一般的な、丁寧に書かれた予定伺いの連絡だ。

（ん……？）

首をかしげる。それこそ、電話や携帯メールで済みそうな話だ。以前に言っていた、直接連絡を取っていいかという話がこれなのだとしたら、妙に仰々しい話だ。

特に、僕らの身辺に何か変化があったわけじゃない。斎川は変わらずがんばっていて、シノアキもやっと、新しいやり方に慣れたところだ。

「どういう目的なんだ、斎川」

意図がわからない以上、なんとも言えないけれど、斎川は何の目的もなく、こういうことをする子ではない。きっと何かがあるんだろうとは思うけど。

想像する範囲では何も思い浮かばなかったので、僕はひとまず、付き添いについては何の問題もないことを告げ、一応、何の用件なの？とは聞いておいた。

送信ボタンを押して、僕は天を仰いだ。

近鉄の車内はいつも通りだった。年の瀬が近づき、おせち料理の予約や、新年の参拝に関する広告が並んでいる。

駅に着く度に流れ込んでくる寒風に身を凍えさせながらも、座っているシートの暖かさが、心地よい眠気を次第に誘ってきた。

数日後。斎川との約束の日はすぐにやってきた。

「すみません、わざわざお時間を取らせてしまって」

シェアハウスで待っていた僕らに対し、斎川はきっかり時間通りで来訪した。

「ええんよそんなん。美乃梨ちゃん、ひさしぶりやね〜」

いつも通りのシノアキの声に、

「はい……おひさしぶりです」

斎川は、どこか緊張した面持ちで、ペコッと頭を下げた。

最初、3人で会う場所は、どこかのお店にしようかという案もあった。ひさしぶりだからご飯でも食べて、みたいなことを考えていたからだ。

だけど、斎川からは丁重にそれを断る返事があって、場所はシェアハウスか、もしくはどこかの会議スペースかで、という希望があった。それだけじゃなく、当日はナナコや貫之がいないようにして欲しいということも付け加えられた。

偶然にも、2人そろって留守にするタイミングがあったので、僕はそこに合わせて予定を立てた。ただ内心は、明らかにいつもと違う空気に、戸惑いを隠せないでいた。

ともあれ、僕らはいつものように居間のこたつへと腰掛け、僕はみんなの分のお茶を入れた。斎川用のマグカップは、以前に少し住んでいたときから、まだここに置いたままだったので、それを使った。

お湯を沸かすために立ち上がったところで、僕はこたつへと背を向けた。斎川とシノアキが、ちょうど1対1で向かい合わせるような形になった。

「アキさん」

「うん？」

短いやり取りのあと、斎川は持って来たカバンから、ファイルされた紙を数枚、机の上へと並べた。

「これは……」

つい先日、納品を完了させたばかりの、シノアキのカラーイラストだった。

ショップ特典ということだったので、公開されたものにはサンプルという文字が透かしで入れられていた。海賊版対策ということで、解像度もそこまで高い物ではなく、目の前にあるプリントも、ドットの粗が目立つ物だった。

だけど、斎川はそれを、わざわざＡ４いっぱいに引き延ばしていた。

何かこのイラストに言うことがあるんだろうか？　というか、そうじゃなければ、こうやってわざわざ示さないはずだろう。

僕はお茶を淹れることを忘れ、立ったままで斎川を見つめていた。シノアキもまた、斎川の言葉を待っていた。

斎川は、２、３度深呼吸をして、言葉を出そうとしては呑み込んでを繰り返したあと、ようやく口を開いた。

「これ……このイラスト、アキさんが描かれたものなんでしょうか？」

一瞬、場にピリッと電気が走ったように思えた。

「え……斎川、それって」

僕は察した。その言葉が、何を意味しているのかを。

だけど、内心で当たらないで欲しいとも思っていた。その言葉は、僕が先日から感じていた、心に引っかかったものと、おそらくは同じだったから。可能性を打ち消し、それで納得したのだからと、否定していたものだったから。

シノアキは、この問いにどう答えるんだろう。あまりに聞くのが恐かったけれど、僕は彼女の声を、そして表情を、視線の先にとらえた。

無表情、だった。

何をどう考えているのか、まったくわからない表情で、シノアキは言った。

「うん、わたしの描いた絵やよ」

声はいつも通りのやさしいものだった。

でもその声が、いつもと違うトーンを持っていることを、僕は気づいてしまった。

斎川は、その言葉を予測していたのか、それとも予想外だったのか、

「そう……なんです、ね」

確実となったことで、息を大きく吸い込むと、

「アキさん……どうしちゃったんですか？」

思い詰めたような声で問いかけた。

「えっ……？」

斎川の予想外の問いかけに、シノアキは戸惑う。

「これが、アキさんの絵だっていうんですか……っ」

「っ……」

思わず息を呑んだ。

シンプルな言葉だけど、それだけに最も深いところへ刺さった。

シェアハウスの中に、沈黙が流れた。

「わたしは、アキさんの作るものをずっと見てきました」

斎川は、淡々と語り出した。

「アキさんはずっと懸命で、わたしが考えたことよりずっと、先にいて、絵にもとんでもない力があって、だからわたし、なんとか少しでも、そこに近づきたいって……だから、1人になって、がんばって……」

グッと、一瞬だけ天を仰いだ。何かをこらえているのが明らかだった。

「これ……見てください」

斎川は、カバンからもう1つのファイルを取り出し、机の上へと置いた。

広げられた紙の山には、彼女の描いたであろう、いくつものイラストがあった。

「斎川、これを……？」

僕はそのうちの1枚を拾い上げ、そして言葉を途中で失った。

正直言って、予想していたものを遥かに超えていた。

ファンタジー風、スチームパンク風、SF風、現代風。多種多様な世界観に合わせられるようにと、ジャンルを問わない形でイラストを描き込んでいた。

完成度もさることながら、僕が何より驚いたのは、その独自性と立体把握の精密さだった。これから先、2Dイラストから3Dデータへの変換は1つのポイントになるけれど、彼女はその点において、すでに完璧とも言える適応力を示していた。

しかも、だからといって収まりのいいものに落ち着いているわけでもない。ギミック、展開、色彩、いずれにおいても彼女は数段上のことをやってのけていた。

「九路田さんの企画がまだ動かないので……だから自分で動かなきゃって、ゲームメーカーさんに売り込もうと思って、描いた物です……」

発想のすごさ、工夫のこらしかた、そして圧倒的な物量。ぶつけられた情念の塊が、紙の四方から飛び散っているような、そんな作品群だった。

斎川はこれまでの道をたどるように、言葉を続けた。

「以前に作った動画のとき、わたし……それまで作ってきたものをすべて壊されたような気がしたんです。お前のやってることはその程度なのかって、アキさんの作品を見て、何もかもが振り出しに戻されるぐらい、衝撃だったんです」

ブループラネット。圧倒的な描写力と密度によって、僕らだけじゃなく、世間をも揺り動かしたあの作品で、斎川もまた、自身を大きく揺さぶられていた。

初めての上映時に泣きじゃくり、うなずき、そして彼女が言った言葉を、僕は今でもよく覚えている。

シノアキを好きでよかった。

シノアキの絵を好きでよかった。

「だから、少しでも近づきたかった。だから、居心地のよかったここを飛び出して、１人で絵に向き合いたかった。それぐらいしないと、アキさんとの距離はどんどん遠くなるばかりだって、そう、思って……っ」

だけど今、その衝撃と感動があったゆえに、彼女は困惑し、そして落胆しかけている。

斎川は、手元のプリントされた紙を手に取った。そこには、彼女が強くあこがれた人の絵が載っている。

だけど、その絵を見つめる斎川の目は、悲しみに満ちていた。

「このイラストは、きれいです。きれいだけど……わたしが目標にしていた、アキさんの描くものじゃないです。うしろを向いて、歩いてる絵です……わ、わたし、ずっと背中を見ていられるって思って、それで、がんばってきたのにっ……！」

斎川の目に、大粒の涙が溜まっていた。

だけど、絶対にこぼさないようにと、必死に耐えていた。

「ごめんなさい、こんなことアキさんに言いたくなかったっ……でも、でも、イラストが載ってるのを見たとき、どうしても言わなくちゃって、それで……」

そして、悲しさで満ちた顔を、僕らに向けた。

「アキさんが身体を壊したことも知ってますし、もちろん心配でしたし、健康でいて欲しいって思ってる自分もいるんですっ……でも、だけど、わたし、これが正解だなんて、思いたくないんです……っ」

何度も首を横に振った。そして、溜まった涙を見せないように、斎川は目を伏せてうつむいた。

シノアキは、ずっと黙っていた。斎川の叫びに、何かを答えようとはしなかった。

「斎川……」

情けないことに、僕もまた、何も答えることはできなかった。斎川の魂の叫びに、これにはこういうことがあるんだよ、と諭すことができなかった。

できるわけがなかった。仕事の理屈、大人の理屈なんていくらでも並べられた。でもそれが、今この場で吐露した彼女の想いに、1ミリでも訴えかけられるなんて、そんな馬鹿なことを思えるはずもなかった。

斎川は、やがて顔を上げると、キッとした表情で、その場に立ち上がった。

「……今日は、お別れになるかもって覚悟で、ここに来ました」

その強い言葉に、僕は思わず震えた。

「わたし、アキさんに勝ちます。圧倒的に。自分と向き合って、表現をものにします。こんな形で終わるなんて考えたくもないけど、でも、わたしは……」

斎川は、ためらいを振り払うようにして、

「絵を描きます。絵が何よりも好きだからです」

強く言い放った。

御法彩花が、ここにいた。

身体と意志だけで突き進む強さをもって。

斎川はそれから物を言わず、黙ってカバンを手に取ると、もう一度、悲しげな、何かをこらえるような視線を僕らに向けて、そして、

深々と頭を下げて、シェアハウスを出て行った。

（なんて……ことだ）

シノアキが意識するために、その対抗馬としてなんて、あまりに浅はかな考えだった。

当たり前のことだけど、彼女もまた、すさまじいまでの地力を持ったクリエイターだった。シノアキが彼女に影響を受けて育つのと共に、彼女もまた、シノアキを見て育ってき

た。それが今、こういう形で逆転を果たしたのだ。

僕は自分の愚かさを痛切に感じながらも、まずは、やらなければいけないことをしようと思った。

「シノアキ」

名前を呼んで、彼女にどうするのかを聞くつもりだった。

だけど彼女は、

「ごめんね、恭也くん」

手元に残された、シノアキと斎川の絵。

それらをすべて、丁寧に集めると、

「ちょっと1人にして欲しいんよ」

言って、静かに2階へと上がっていった。

「シノアキ……」

名前を呼ぶことしか、できなかった。

このときに彼女にできることなんて、しょせん僕には何もなかった。

誰もいなくなって、ウソのように静かになったシェアハウスの居間。

かけられた時計の音と、シュンシュンと音を立てるやかんと、僕の息づかいだけがずっと響いていた。

◇

3日が経った。

僕は居間に降りてきて、ナナコと貫之と話をしていた。

「そっか、とりあえず風呂とメシはちゃんとしてるんだな」

ホッとした様子の貫之に、ナナコは大きくため息をついて、

「それだって、あたしがめっちゃ言ってやっとって感じだったのよ。ごはんにしたって、おにぎりを1個だけとかそんなんだし、ラーメン作ろっかって聞いても、ごめんねって言われてそれきりだし……」

「そっか、まあ……なんとかギリギリって感じだな、そりゃ」

貫之は腕を組み、天を仰いだ。

あれからシノアキは、ほとんど話さない状態が続いていた。

1日のほとんどを自分の部屋で過ごし、何をしているのかも、何を考えているのかもわからない。僕だろうがナナコだろうが貫之だろうが、誰が声をかけても、「ごめんね」と言うだけで、何かを示そうとはしなかった。

「斎川とそんなことがあったんだね……びっくりしたわ、ほんと」

ナナコと貫之には、ひとまずの経緯を話しておいた。

「難しいとこだな。斎川だって、シノアキのことを思ってやったんだろうしな」

「うん……そうだね」

貫之の言葉に、僕もうなずく。

斎川は、自分の気持ちのままに動いただけだ。しかもそこには、シノアキに対する深い愛情がこもっている。

「そういうことだからさ、もし何かシノアキに変化があったら、いつでもいいから僕に教えて欲しいんだ。こんなことをお願いして申し訳ないけど、頼むよ」

僕の願いに、２人とも笑顔で応えてくれた。

「気にすんなよ。シノアキのためだもんな」

「いいきっかけになるといいけどね。ううん、シノアキならきっと大丈夫よ」

その言葉に少しだけホッとしたけれど、僕は内心、不安だらけだった。

シノアキは、先日の斎川の言葉にショックを受けている。それはおそらく間違いないだろう。立ち直るのを待つしかないこともわかっている。

だけど、時間が経つことでもたらされるのが、前向きな解決法とは限らない。

ずっと斎川の言葉に悩み続け、時間を過ごしているだけなのかもしれない。

これまであったことを反芻（はんすう）し、絵に対する考えを変え始めているのかもしれない。

そして……考えたくないことだけど、絵を描くのをやめてしまうかもしれない。

(結局、そうなってしまうのか……?)

連れて行かれた、未来の記憶が蘇ってくる。

皮肉にも、あのときのシノアキが再び絵を描くことになったきっかけは、御法彩花、つまり斎川だった。

それがこの世界では、まるで逆とも言える結果になってしまうなんて。

(そんなの……悲しすぎるよ)

何も打つ手のない僕が、悔しくて仕方がなかった。

今はただ、シノアキが戻ってきてくれるのを祈るしかなかった。

◇

1週間経っても、シノアキの状況は変わらなかった。

ナナコが最低限の声かけはしてくれているので、体調の心配はなかったけれど、精神面でどんな状態にあるのかは、今もってわからなかった。

僕も定期的に声をかけるようにしていた。だけど、返ってくるのは、今はちょっとごめんね、という言葉だけだった。何の話もできないのが、やるせなかった。

僕では何の助けにもなれないのかと、半ば気も落ちかけてきた夕方ごろ。

不意に、携帯電話が鳴った。

「——斎川だ」

ディスプレイには、まさに渦中にある彼女の名前が出ていた。

取らないわけにはいかなかったけれど、何を話したらいいのか、正直なところわからなかった。迷いながらも、数コール鳴ったところで僕は着信のボタンを押した。

「……はい」

短く応答すると、

「先週は……すみませんでした」

斎川は開口一番、まずは謝罪からはじまった。

「とんでもない。むしろ何も言えなくてごめん」

元々、僕は２人の仲裁というか、フォローであの場にいたはずだ。

だけど結果として、何もすることができなかった。

「いえ……わたしが、言いにくいようなことをしてしまったんで。それであの、アキさんっていらっしゃいますか？　ずっと考えてて、こんなに時間が経っちゃったんですけど、お話しできそうなら、これから……」

言うべきかどうか、少し悩んだ。

きっと斎川は心配するだろうし、何かの行動に出るだろう。

だけど、このことが後になってわかったときに、斎川がどう思うかを考えたら、

「シノアキは……」

言う方が、いいと判断した。

「部屋から、ほとんど出てこないんだ。最低限のことはできているけど、あまりみんなとも話さなくなってて」

「え、あのときからですか？」

僕は一瞬言いよどんだあとで、

「うん」

肯定した。

「…………っ」

電話の向こうから、息を呑む音が聞こえた。

想像した通り、ショックを受けている様子だった。

「斎川、君が悪いわけじゃな……」

言いかけたところで、斎川が、

「先輩、すみません、わたし、今からそっちに行きます」

そう言って、電話が切られた。

「斎川……」

彼女は、予想通りの行動をとった。僕の懸念は、当たった形だった。

だけど、僕は斎川に来て欲しい気持ちもあった。彼女ならば、シノアキと何らかの対話ができるはずだと思って。

僕にはすることのできない話も、彼女ならばできるかもしれない。

それに懸けようと思った。

◇

程なくして、斎川はシェアハウスへ到着した。ナナコや貫之（つらゆき）へのあいさつもそこそこに、早速、僕と共に2階へと上がった。

「話って、できそうですか……？」

斎川の言葉に、軽く首を縦に振った。

「だけど、やり取りは本当に最小限だよ。僕が話しかけたときには、今はちょっと、ぐらいの反応しかなかったから」

「そう、ですか」

斎川の表情が硬くなった。

シノアキの部屋の前に立った。

僕はドアを軽くノックして、

「シノアキ、斎川が来たよ」

いつもならば、何かしらの応答があるはずだけど、反応はなかった。

僕は無言のまま、斎川にうなずいて、場所を譲った。特に反応がなかったのは、聞くという意思表示であると思うことにした。

「……アキさん、聞こえますか？　斎川です」

斎川がドア越しにシノアキへ語りかける。

「わたし、アキさんに……事情とか絶対あるはずなのに、一方的にひどいこと言っちゃって、それで謝らなきゃって思って橋場さんに連絡したら、ずっとお部屋にいるって聞いて、それでたまらなくなって、来ちゃいました。ごめんなさい」

切々とした声が、横にいる僕の心にも刺さる思いだった。

「少し、お話しだけでもできませんか？　お願いします」

だけど、斎川の心からの声に対しても、ドアの向こうからは何も返ってはこなかった。

「先輩……」

斎川の悲しそうな顔が、僕に向けられた。

「大丈夫、落ち着いて」

僕は斎川をなだめると、ドアに耳をあてた。

さっきから、反応がまったくないことが気になっていた。最初、それはジッと聞いているサインかなと思っていたけれど、違ったのかもしれない。

予想通りの音が、僕の耳に入ってきた。

「これ……寝てるな」

かすかに、スーッ、スーッと息をする音や、小さな声が聞こえた。

ひとまず、意図的に無視していたわけじゃないことがわかって、ホッとした。

「……また、起きた頃に来た方がいいですか？」

斎川が小声で言うも、

「いや、ちょっと心配でもあるし、様子を見てみよう」

普段ならこんなことはしないのだけれど、さすがにシノアキの様子を知りたいと思って、僕は意を決してドアノブに手を伸ばした。

（シノアキ、どうしてたんだろう）

この数日で、彼女があのことをどうとらえて、どうしようと思ったのか、その回答がドアの向こうにある。

ドアを開けた。

息を呑んだ。

シノアキは絵を描くとき、いつも部屋を暗くしている。クセなのか、集中するためのおまじないなのかはわからないけど、ずっとそうしていた。

そして今、彼女の部屋は真っ暗だった。かろうじて、モニターの光が床を照らしていて、そこには、おびただしい数の白い何かがあった。

シノアキは、その真ん中で、寝息を立てて眠っていた。

体調を著しく崩したという感じではなさそうで、ひとまずはホッとしつつ、その周囲にある白いものへと目をやった。

「紙、か？」

僕たちは部屋へと入った。足下に、ミシッという何かを踏んだ感触が伝わった。

「は、橋場さん、これっ……」

斎川が驚きの声を上げて、手に持った紙を僕へと渡した。

「これは……！」

見た瞬間、僕もまた驚きの声を上げた。

床を埋め尽くした、おびただしい数の紙。それらのすべてに、鉛筆によるラフ画が描かれていた。

描かれていたキャラクターと構成要素は、一定の共通項があった。そして、僕はその内容を、すぐに思い出した。

「ラノベのイラストだ」

あの日、シノアキの絵じゃないとまで言われた、ラノベのイラストの数々。

数点あったそのイラストを、構図からすべて描き直したものが、辺りに敷き詰められていたのだった。

斎川の言葉によって、シノアキが行動した、結果だった。

「全然違う……別物になってるよ」

僕の言葉に、斎川もまた、何度も大きくうなずいた。

「そう、ですね、これは……」

ただ、描いたのではない。そのどれもが、構図、表情、どれをとってもハッとするように鮮烈で、そして誰にも似ていない、みずみずしい魅力にあふれていて、それは、他に例えようがない、あえて言うのならば、

「アキさんの……絵、です……っ」

両手でシノアキの絵をしっかりと持ち、目から涙をあふれさせながら、斎川はもっともふさわしい形容をしてくれた。

そう、シノアキの絵は、シノアキの絵としか形容ができない。誰にも似ていなくて、だけれども突飛すぎなくて、広く多くの人に愛される絵で。

「ごめんなさい、アキさん、わたし、ほんとひどいことして。縁を切られても仕方ないっ

て思ってますけど、だけど、わたし、わたし……」

斎川は、シノアキの絵を愛おしそうに抱きしめると、

「アキさんの絵、やっぱり大好きですっ……！」

そこまで言って、あとはもう声にならなかった。先日は必死にこらえていた涙が、今はもう、とめどなく流れていた。

僕は斎川の背中をさすると、すやすやと眠るシノアキに顔を向けた。

彼女なりに、斎川の言葉と、そして絵を大切にした結果が、この行動だったのだろう。

不器用だけれど、限りなく誠実な選択と言えた。

（僕はそれを、失わせる道を選んでしまったのか）

目の前に広がる奇跡を前にして、僕は自分の行いを悔いた。

斎川がいなかったら……。シノアキはこの先どうなっていたか、わからない。

何がよくて何が悪いか、そんな価値観で決めるのは難しい話だけれど、少なくとも、シノアキの生み出す絵という観点で見るのならば、

（斎川に、大きなものを背負わせてしまった）

誰よりシノアキと、シノアキの作品を愛しているこの女の子のおかげで。

彼女は、自分の作品を失わずに済んだのだから。

「あれ……？」

不意に。

白い紙の海で眠っていたシノアキが、むくりと起き上がってあくびをした。

「恭也くん、美乃梨ちゃん、どうしたと？　2人とも……」

何があったのかよくわからないという様子で、シノアキはいつものように、やさしくてやわらかな声を上げた。

「アキさんっ……!!」

「え、ええっ、美乃梨ちゃん、どうしたと？」

斎川が飛ぶようにして抱きつき、困惑ぎみのシノアキの横で、わんわんと泣きじゃくった。僕はそれを前にしてほほえみながらも、この2人の間であった出来事を前に、自分の力のなさを思い知らされていた。

クリエイターの起こす力は、到底、他人が制御できるものじゃない。

わかっていたはずなのに。どうして、忘れてしまっていたのだろう。

◇

そのあとは、斎川の土下座となだめるシノアキと、せっかくだからご飯でも食べに行きましょうという提案のもと、大学近くの料理店まで、出かけることになった。

残念ながらナナコと貫之は用事があって行けなかったけれど、斎川は3人分ぐらいしゃべりまくって、食べていたので、ちょうどよかったのかもしれない。

そして、

「ごちそうさまでしたっ！　わたし、がんばりますね！　アキさん、橋場さん、次、楽しみにしててくださいっ！」

元気よく、手をブンブンと振って、夜の闇の中に消えていった。

僕らもそれに手を振って見送り、

「……じゃ、帰ろっか」

「うん」

シェアハウスへの道を、歩き出した。

シノアキが前で、僕が後で。

いつもの、順番だった。

もうすぐ年末も近づく頃で、山から吹き下ろす風はとても冷たかった。そういや、貫之といっしょに病院からの帰り道を歩いたときは、雪が降っていた。

この冷たさだと、また雪がどこかで降るのだろう。その風景は美しいだろうけど、身体に寒さが染みわたるだろうな、と思った。

芸大近くの道路は、歩行者用の幅がとても狭くて、それもあって歩きにくかった。だけど僕らは、そんなことは意にも介さず、黙って歩き続けた。今日に限って、車も人もまったく通らず、僕らだけがこの道を歩いているようだった。

しばらく歩いていた。何度目かの強い風を受け、それが収まったあとだった。

「恭也くん」

シノアキが、不意に口を開いた。

「ごめんね、心配させちゃって」

「気にしないで。シノアキの方が、ずっとつらかっただろ」

斎川の言葉は、彼女を、そして僕をも貫いていた。

クリエイターに対しての言葉は、クリエイターが解決させるしかない。

今回において、シノアキがとることのできた手段は、まさに作品を作ることだけだった。

空疎に言葉だけを並べても、伝わらないことだった。

だから彼女は、身体のことを考えずにひたすら描いた。そしてその成果は、どんな言葉よりも雄弁な回答になった。

シノアキは、魂で仕事をしていなかった。それが作るものに現れていた。

だから、斎川はそれに気づいた。

気温以上に、身体が寒さで凍えた。心配して言葉をかける僕に、

「ううん、わたしは平気やよ」

　シノアキは、僕に背を向けたまま、言葉を返した。

　きっと、全然平気じゃなかったはずなのに。

　また、少し沈黙があった。そして、シノアキから、また言葉を発した。

「実家にね、恭也くんを連れて行ったやん」

「うん」

「わたしね、絵が……本当に好きなんよ」

　好きという言葉が、特別な響きをもって聞こえた。

　そして彼女はアトリエの話を始めた。不思議な、家の中であの場所だけ切り取られたような、あの空間のことを。

「アトリエで、お母さんの描いた絵を見るとね、別の世界に行けるような気がして、それが大好きやった。だから、わたしも自分で絵を描いて、好きな世界に行きたかったんよ」

　シノアキは絵の中で旅をしていた。

　それは母親への憧憬ではなく、自分の世界へと入っていくきっかけだった。

「お母さんが、ずーっと絵を描いとって、誰が何を言ってもずーっと描いとって、病気になっても描いとって、そのままいなくなった。お父さんも優くんも、悲しがってた」

　でもね、とシノアキは言葉を切った。

「わたし、本当にね、絶対に家族には言えんかったことがあるんよ」

この上なく、さみしそうな声だった。

「お母さん、ずっと描き続けられてうらやましいなって、思っちゃったんよ」

「…………っ」

僕は言葉を失った。

ずっと、誤解していた。

僕はシノアキが、絵を描くことで母親に会っているのだと思っていた。自分も同じ行為をすることで、母の考えていたこと、世界を取り込みたいと思っていたのだと。

でも、それは僕の浅はかな妄想でしかなかった。

シノアキは、もうずっと昔から、自分の世界を作っていたんだ。

だから、母にもう会えないさみしさよりも、道を違えることなく歩ききった母のことを、うらやましいと思ったんだ。

彼女が母のアトリエに僕を連れて行ってくれたのは、その業を、僕に見せようとしていたのかもしれない。

覚悟はできているの、と。

なのに僕は、見当違いのことを提案し、彼女の覚悟を、業を、きちんと知ることができなかった。

かえって、道を迷わせるようなことをしてしまったんだ。

「ごめん、僕がシノアキのこと、わかってあげられなくて」

シノアキは、「ううん」と否定して、

「恭也くんも、すごく考えてくれたもん。お父さんとも、優くんとも、きちんと話して、いっぱい考えて、それでやり方を出してくれたんだし。何よりわたしだって、それがいいもんだって、あのときは思っとった」

フフッと、笑い声がした。

「でも、ダメだったね、あれじゃ。何も……かけてなかったんやもん」

心臓を射貫かれるような、そして掴まれて揺さぶられるような、そんな衝撃を受けた。

わかってたはずなのに、それでも上手くやれると思っていたところがあった。でも、シノアキの言葉に、すべてが示されていた。

何も描けてなかった。

何も懸けてなかった。

シノアキの言葉が、2つの意味で響いてきた。

それは彼女のことであると同時に、僕のことでもあった。

「今度はわたしが、美乃梨ちゃんを追いかける番やね。どうやって追い越そうかな」

ゾクッとした。

もう彼女は、戦うつもりだった。

（僕のエゴなんて、ハナから取るに足らないものだったんだ）

シノアキは、深い業の中にいた。

斎川も、ずっとそこにいた。

いや、貫之もナナコも、クリエイターとして何かを生み出す契約をした人たちは、みんな等しく、深い業を背負っていたんだ。

自分の内面で戦い続けるつらさを、闇として抱えていたんだ。

夜の暗さは、僕らの足下以外を真っ黒に染め上げていた。音すらも吸い込まれるような黒い空間の中で、シノアキの姿だけが、光を放っているように見えた。

先を歩くその姿に、ふと、誰かの言った言葉が蘇ってきた。

『おかえり、主人公。ここからまた地獄やで』

誰が言ったのか、何のために言ったのか、まったく思い出せなかったけど。

そうか、これがその地獄だったのか。

友がすべて戦場へ行き、友でなくなる瞬間を目の当たりにする。

それは地獄以外の何物でもない。

絶望の未来から過去へと戻ったとき、誓ったじゃないか。

二度と忘れない、と。九路田と対決し、最高の作品のためだけに行動した。

でもいつの間にか、僕はまた甘さをにじみ出していた。

その結果が、これだったんだ。

足が震えた。この闇夜の道は、地獄へと向かう道だったんだ。

「恭也くん、わたしね」

シノアキは立ち止まった。

「もう、１人になっちゃうんよ、だから――」

僕の方を振り返った。

「いっしょにいてほしいんよ」

これは、告白なんかじゃない。

むしろ逆の、決別の言葉だ。

大好きな家族を裏切って、修羅の道を選んで、表現という答えのない世界を歩いて行く、そんな彼女の、覚悟を示す言葉だ。

いっしょに地獄へ行きましょうという、契約。

怪物が、怪物であることを自覚した、はじまりの瞬間なんだ。

「……もちろんだよ」

「うん、ありがと」

また、強い風が吹いた。

彼女の柔らかな髪があおられ、一瞬、その顔が消えた。

そして風が収まったとき、シノアキは僕の大好きだった女の子ではなく、秋島シノとして、立っていた。

覚悟を決め、業と向かい合った、作家としての彼女だった。

ふわり、と。白いものが上空から、あたり一面を埋め尽くすほどの量で、舞い降りてきた。静かに降り積もっていくその様を、僕はこの世のものと思えなかった。どこか幻想的で、図ったように始まったからだ。

せめてこの決別を、涙の雨じゃなく、雪で迎えさせてやろうという、天からの贈り物だったのだろうか。

涙が出そうだった。でも、必死でこらえた。

「これからよろしくね、恭也くん」

「こちらこそ、シノアキ」

朝の告白

年が明けて、2009年の始業の日。

「めずらしいね、君から僕に話があるなんて」

サクシードソフトの会議室。その日僕は、尊敬する人を前にして、ある決意について話をしようとしていた。

まだ会社には誰も出社していない。始業時間の前をねらって、ご足労願った形だ。

お互いに忙しいことはわかっていたので、この時間しかなかったからだ。

「すみません、お時間を取っていただいて」

「構わないよ。それで、用件は？」

どう言おうか、一瞬迷いが生じた。

正直言って、話すのはつらかった。

だけどこのことについて、彼にウソをつき続けるのは、もっとつらかった。

だから。

「先日の話ですが……僕は茉平（まつひら）さんの考えとは、違う道を選ぶことにしました」

きちんと、まっすぐに話をした。

茉平さんの表情は、変わることがなかった。もっと驚かれたり、嘆かれたりするのかもと思ったけど、やっぱり茉平さんはいつも通りだった。

「くわしい理由、聞かせてもらえるのかな？」

代わりに、いつも通りの静かな口調で、質問をされた。

「はい、お話しします」

ここから先、僕はもう、意見を変えることはないだろう。

だからこれは、どう生きていくのかという指針を話すことでもあった。

10年後から、過去に戻ってきて、人生をやり直して。

そうやってまでたどり着いたものを、僕は今、目の前にしている。

「クリエイターの環境を整えるという、茉平さんの考えはとても大切です」

「ありがとう。僕の考えに、そこは賛同してくれるんだね」

僕はうなずき、そして続けた。

「ですが、あまりにすべてを管理しきって、工場のようになってしまうことは、本意ではないです」

彼の意見は、極端に映った。

自身の理想のためならば、クリエイティブの本質の部分まで、浸食してもいいというスタンスだった。そのために企画ごと潰してもいいとまで言い切った。

「物って、どうやって作るんでしょうか？」

「どういう意図の質問かな、それは？」

茉平さんは、逆に僕へと問いかけた。

「たとえば工業製品だったら、工程を作って、マニュアルを組んで、それに沿って機械や、人員を配置します」

機械の故障や人為的なミスはあれど、この工程がしっかり回るようにできてさえいれば、自動的に、そして計算通りの時間で物はできあがっていく。

「できなければ、工程の見直しや機械の調整、人員の育成を行えば済みます」

「その通りだ。僕が実現させたいと思っているのも、まさにそういった——」

僕はそこで、言葉を挟んだ。

「でも、ゲーム制作、いや、クリエイティブの現場において、それは本当に最適解なのでしょうか？」

茉平さんの表情に、かすかな歪(ゆが)みが生じた。これまで彼と関わるようになって、初めての出来事だったかもしれない。

「たとえばイラスト。デッサンの歪みは直せますし、衣装のデザインが陳腐ならば、参考資料を示して改善することはできます」

「そうだね。ディレクターの感覚のみに頼らず、もっとマニュアル化して労力を減らせる部分にもなる」

「しかし、それがアイデア、0から生み出す部分についてはどうでしょうか？」

「それも、参考資料やブレストの人数を増やすことで……」

茉平さんの言葉を、僕は途中で首を振って否定した。

「ある一定のラインまではそれで到達できるでしょう。多くの意見をまとめて、そこから抽出していけば、過半数の人に支持されるものをまとめることができる」

「いいじゃないか、それがなぜいけないんだい？」

シノアキの、そして斎川の、1人のクリエイターがもがき苦しんで生み出したものを思い出していた。

「そんなもの、1人のクリエイターの本気の前には、いとも簡単に撥ね飛ばされてしまうんですよ」

ひさしぶりに、この言葉を思い出した。

立ち止まっていたナナコを、奮い立たせた言葉であり、創作をあきらめかけた貫之を、蘇らせた言葉であり、そしてシノアキを生まれ変わらせた言葉。

本気。

人の持っている普段の力を、何倍にも増幅させてしまう、気力の集中と生の結晶。

その生み出した数々の奇跡を、僕はもう忘れることはないだろう。

「クリエイターは、おかしいんです。計算なんかできないんです。何がいつ生まれるかわからない、そんな出口の見えない暗闇で苦しみながら、ギリギリの解を出すのが彼らの仕事なんです」

身体(からだ)を気遣い、心を気遣い、人間らしく生きられるために環境を作る。

最低限必要なことだけれど、それでもやっぱり、計算なんかできないんだ。

楽しくて楽しくて、苦しいけれどやっぱり楽しくて。そうしていつしか、時間を忘れ、人間であることも忘れて、止める声も聞かずに蠢(うごめ)いていく。

「僕らみたいな、クリエイターの外側にいる人間は、ギリギリまで、いや、ギリギリを超えてもなお、彼らに付き添い、運命を共にすることが……仕事なんだと思います」

だから、どう考えても、工場になんかなりえないし、予定通りに動かすことなんてできるわけがない。

集合知でクリアできそうな要素が仮にあっても、1人の人生の前にはそれすらも霞(かす)んでしまう。

未知だからこそ、おもしろくて苦しい。それがクリエイティブだ。

「普通の仕事にはなり得ないんです、クリエイティブは。普通じゃないからこそ、作り上げたものは人の心を動かすし、多くの人の助けになるんです。僕はそんな業界だからこそ、強くあこがれて、仕事にしようって思ったんです」

茉平(まつひら)さんの言葉を借りて、その逆のことを言った。

「以上です」

すべてを話し終わると、場を沈黙が支配した。

窓の外は、まだ喧噪(けんそう)とはほど遠い世界だった。静かで、そして張り詰めたような空気が、朝の会議室を支配している。

茉平さんは静かに口を開いた。

「君は……」

一瞬言葉を探したあと、僕をまっすぐに見た。

「君は、多くの人間が身体(からだ)や精神を壊し、つらい思いをしてもなお、作るべきものがあると、そのように言うのかい？」

僕は目を見張った。

極論ではあった。ずるい言い方のようにも思えた。

だけど、僕はこの問いに対する答えを、すでに得ていた。

「作るべきものは、ありますー―」

シノアキの姿を思い浮かべた。

それは、ナナコとの会話で思い浮かべたのとは違って、迷いを断ち切った、神々しさを感じるまでの彼女の姿だった。

クリエイティブは、流れ作業ではない。スムーズに予定通り動かそうとしても、どこかで思いがけず止まることはある。

生み出されるまでの工程も不完全で不安定であるからこそ、僕らはそこに神様や永遠を見いだすのだろう。

家族との時間を犠牲にしてでも、世界を作り続けた女性の姿が思い浮かび、やがてそれは、一心不乱にタブレットへ向かい続ける、もっとも信頼し、尊敬するクリエイターの姿に重なった。

普通じゃない。普通なんかじゃあり得ない。

そんな枠でくくることは、彼女たちにあまりに失礼だ。

(これが僕の……回答だ)

僕の中で、何かが煮詰まりつつあった。

今まで漠然としていたものが、形を作り始めていた。

茉平さんは、表情を元に戻した。いつもの業務時の、穏やかな顔だった。

「それでも僕は……橋場(はしば)くんを信頼している」

「ありがとうございます。僕も、茉平さんを尊敬してます」

「これから仕事をしていくにあたって、君にはパートナーとして働いて欲しいって思ってたんだ。だけど」

残念そうに、下を向いて。

「どうやら今は、君と同じ道を歩けないようだ」

明確に、そう言い切った。

茉平（まつひら）さんが、どうしてそこまでして、古いやり方を嫌うのか。すべて否定から入ってまで、排除しようと考えるのか。

僕にはわからなかったし、聞けるだけの理由もなかった。

掘井さんの言葉を信じるならば、いつか必要があったときに、聞くこともあるのかもしれない。

だけど今はもう、それを聞く機会は失われたように思われた。

「また、話をしよう。僕は、君をあきらめたくはない」

「ありがとうございます」

茉平さんは、静かに部屋を出て行った。

バタン、とドアが閉まる音がして、部屋は静寂に包まれた。

まだ始業まで時間はある。まるで世界には誰もいないかのように、この場は静かで、そして時間も止まってしまったかのように思える。

後戻りのできない選択だった。かわいい子たちと知り合って、仲良くなって、好きにさえなってもらって。交際してその後家族を作って、仕事をして……そんな未来だって、こ

の先にはあったはずだ。

でも、その幸せな未来が、決して幸せじゃないことを、僕は知った。知っていたはずなのに、また迷ってしまった。

すでに地獄の中にいるという覚悟が、まだ足りていなかったんだ。

でも今日をもって、ルートは完全にできあがった。

自分はどこに行きたいのだろう。

10年前に戻ってきて、何がしたいのだろう。

答えを出すときは、もうそこまで迫っている。

「取り組まなきゃ、いけないんだな」

言い聞かせるようにしてつぶやき、そして傍らにもっていた紙の束を取り出した。

去年の年末から、考え続けていた企画書。

僕と、僕たちの先にある未来のための企画だ。

1人のクリエイターとして、羽ばたいていく友人たちを前に、覚悟を決めるつもりで少しずつ進めているもの。

そこには、僕たちがこれまでに経験したすべてが入っていた。

苦難の末に作品を作り、ピンチを脱したこと。

自分の力に自信がない子に、チャンスを作り出したこと。

そして、妥協の末に友人の未来を失いかけたこと。

別の未来で、自分のしていることについてとらえ直したこと。

そんなすべてのことを、この企画には込めようと思っている。

「作るぞ」

会議室には朝の光が満ちていた。窓のブラインドの隙間から入ってきたその光が、僕の手にある企画書を、キラキラと輝かせた。

まだ、企画はできていない。物だけは分厚いけれど、そこには僕の、ただ猛った思いだけがひたすらに羅列されている、到底企画書とは言えないものだ。

だけど、これだけは断言できる。僕は今まで作ってきたどんな企画書よりも、この手元にある不完全なものが、何より最高のものになる可能性があると。

そしてその可能性を信じて、やっていける覚悟があると。

「みんなを受け止めて、作るんだ」

ナナコに気づきを与え、貫之を引き戻し、シノアキを怪物にした。

僕は怖じ気づいていた。したことの大きさにおののき、他の人の言葉に従うことで、自分の罪を軽くしようとしていた。

それがもはや無駄だったことに、やっと気づけた。僕はずっと前から、全身が地獄の血の海に浸かっていたのだから。

できることと言えば、戦うみんなの防波堤になるぐらいなんだ。

完成にはほど遠いけど、表紙には、決定したタイトルが記してあった。

僕を翻弄し、チャンスを与え、そして今なお叫び狂う闇の力。

誰にも御することはできず、ただ過ぎてすべてを切り刻む残酷な刃。

積み重なることで歴史が生まれ、解きほぐすことで未来が生まれる、永遠の秘宝。

かつて飛ばされた世界で、僕はそのタイトルを1度だけ聞いたことがあった。未来のサクシードが作った超大作。それ以上のことは知らなかったけれど、何故か強く、その名前が頭に刻まれていた。

因縁めいたものを感じた。だから、それをここで書き記した。

『ミスティック・クロックワーク』

いまだその片鱗も見えない、僕を迷い込ませる「時」を示したタイトルだった。

あとがき

ついに9巻です。最初からずっと追いかけてくださっている方とは、4年にわたるお付き合いとなります。当初、どこまで続けられるんだろう、と思っていた作品は、どこまで続くんだろう、に代わることとなりました。まだ、やりたいことは残っています。恭也たちの立場や思想にも少しずつ変化が見えてきましたが、これまで通り、彼らの行く先を見守っていただければ幸いです。あと小ネタですが、9巻の章タイトルは大好きな福岡にちなんだ曲の名前をもじらせていただきました。

ちょうど、この巻の出る頃に、TVアニメも放送が始まっているかと思います。こちらも、企画当初からすると長い付き合いになりました。シリーズ構成、そして脚本とかなりしっかりと内容にも参加しておりますが、どういう形でそれが作品となったのか、ぜひみなさまにもご覧いただければと存じます。

……と、このところどうにも堅苦しいあいさつが続いているのですが、本編が本編だけにここのページで妙にふざけるようなことがどうにもやりにくいんですよね。幸か不幸か、この手の短文はけっこう筆が進むので、かつてのラノベでよく見た「あとがきに書くことが何もない」からの日常雑記なんてことには至らないのですが、こんなガッチガチの文章を、喜んでお読みいただいているのか不安になることもあります。まあその、ソフトで阿呆な作者をご所望でしたら、YouTube木緒なちチャンネルの方にでもお越しいただければ幸いでございます（流れるように自然な宣伝）。

謝辞です。次第にシリアス感が増していくストーリーの中で、変幻自在のすばらしいイラストを描いて頂いているえれっとさん。今巻もありがとうございました。最初に頂く感想が励みになっています。編集Tさん。めちゃくちゃご多忙になっている中で、相変わらず手のかかる作家で恐縮ですが、ここからまた、何卒よろしくお願いいたします。熱のこもりまくったコミカライズで楽しませていただいている閃先生、担当のKさん、ここからまた大変ですが何卒よろしくお願いいたします。アニメスタッフの皆様。変換の非常に難しい作品ですが、熱量の高いアニメをありがとうございます。いい形で盛り上げていきたいですね。そして、そんな「読むのにパワーのいる」本作をご支持頂いている読者の皆様、まだもうちょっとだけ続くんじゃ、と亀の甲羅を背負ったおじいちゃん風に予告しつつ、そのちょっとがどれぐらいになるかはわかりませんが、引き続きお付き合いのほど、何卒よろしくお願いいたします。

それでは、次にお目にかかるときまでどうぞお元気で。

木緒なち　拝

✿あとがき✿

このたびは、
『ぼくたちのリメイク ～怪物のはじまり～』を
手に取っていただきありがとうございます！

斎川のひた向きさは純粋にパワフルで
見習いたいものです…！
そして貴重なメガネっ子成分。最高だぜ!!

2021.7 えれっと

ファンレター、作品のご感想をお待ちしています

あて先

〒102-0071　東京都千代田区富士見2-13-12
株式会社KADOKAWA　MF文庫J編集部気付

「木緒なち先生」係　「えれっと先生」係

読者アンケートにご協力ください!

アンケートにご回答いただいた方から毎月抽選で
10名様に「オリジナルQUOカード1000円分」をプレゼント!!
さらにご回答者全員に、QUOカードに使用している画像の無料壁紙をプレゼントいたします!

■ 二次元コードまたはURLよりアクセスし、本書専用のパスワードを入力してご回答ください。

http://kdq.jp/mfj/　パスワード　**k55y3**

●当選者の発表は商品の発送をもって代えさせていただきます。
●アンケートプレゼントにご応募いただける期間は、対象商品の初版発行日より12ヶ月間です。
●アンケートプレゼントは、都合により予告なく中止または内容が変更されることがあります。
●サイトにアクセスする際や、登録・メール送信時にかかる通信費はお客様のご負担になります。
●一部対応していない機種があります。
●中学生以下の方は、保護者の方の了承を得てから回答してください。

MF文庫J

ぼくたちのリメイク9
怪物のはじまり

2021年7月25日　初版発行

著者　木緒なち

発行者　青柳昌行

発行　株式会社 KADOKAWA
〒102-8177 東京都千代田区富士見2-13-3
0570-002-301（ナビダイヤル）

印刷　株式会社廣済堂

製本　株式会社廣済堂

©Nachi Kio 2021
Printed in Japan　ISBN 978-4-04-680608-6 C0193

◎本書の無断複製（コピー、スキャン、デジタル化等）並びに無断複製物の譲渡および配信は、著作権法上での例外を除き禁じられています。また、本書を代行業者等の第三者に依頼して複製する行為は、たとえ個人や家庭内での利用であっても一切認められておりません。
◎定価はカバーに表示してあります。

●お問い合わせ（メディアファクトリー ブランド）
https://www.kadokawa.co.jp/（「お問い合わせ」へお進みください）
※内容によっては、お答えできない場合があります。
※サポートは日本国内のみとさせていただきます。
※Japanese text only

◇◇◇